中俄文学互译出版项目·俄罗斯文库

俄罗斯当代戏剧集

4

苏玲 主编

[俄] 弗·热列布佐夫 亚·加林 等 著

粟瑞雪 阳知涵 等 译

中国国际广播出版社

《中俄文学互译出版项目·俄罗斯文库》
由中国国家新闻出版署和俄罗斯出版与大众
传媒署批准，中国文字著作权协会和俄罗斯
翻译学院负责组织实施。

社会转型时期的艺术之"新"

（代序）

1991 年苏联解体改变了世界政治的版图，也成了俄罗斯历史长河中一道重要的分水岭。具有辉煌历史和优秀传统的俄罗斯文学艺术，如何去体察感知社会变幻莫测的温度，如何去丈量描述俄罗斯民族奥妙无穷的精神空间，是俄罗斯社会转型时期这二十多年来世界目光所高度聚焦与密切关注的。

对于中国读者和观众而言，俄国时期的普希金、果戈理和契诃夫，苏联时期的斯坦尼斯拉夫斯基、梅耶荷德和罗佐夫、阿尔布卓夫、万比洛夫等经典作家和戏剧大师，都是耳熟能详的名字。但是，20 世纪末苏联解体至今，俄罗斯剧坛发生了怎样的变化，产生了哪些新的、有代表性的戏剧家和戏剧新作，我们却感觉陌生。《俄罗斯当代戏剧集》就是在这样的背景下应运而生的。在所选的作家中，绝大部分是 20 世纪八九十年代登上文坛或在 21 世纪初崭露头角的年轻剧作家。而所选剧目，也大多创作于最近二十年。对中国读者而言，可称得上是"新面孔新作品"。

众所周知，俄罗斯是戏剧大国，具有深厚的戏剧艺术传统。

随着苏联的解体，活跃于20世纪七八十年代的戏剧"新浪潮"开始进入尾声。而被学界以"新戏剧"命名的戏剧浪潮开始由弱渐强，成为新世纪俄罗斯剧坛的主流。从"新戏剧"的创作主题、艺术风格和审美特征来看，它具有鲜明的反传统性，聚焦的目标常常是社会边缘群体，反对以剧本为中心和以导演为主导的表现模式，反对戏剧的教化功能，呈现出一种超自然主义的审美倾向。在我们所选的作家中，尼·科利亚达、马·库罗奇金、亚·罗季奥诺夫、瓦·西戈列夫、杜尔年科夫兄弟、普列斯尼亚科夫兄弟、娜塔莉娅·莫西娜、亚历山大·阿尔希波夫等，都是"新戏剧"潮流的代表作家，而尼·科利亚达可以说是"新戏剧"的旗帜性人物。

21世纪初的俄罗斯戏剧创作，尤其是以科利亚达为代表的"新戏剧"浪潮的活跃，与1985年以来苏联进入的转型期社会现状密切相关。20世纪的最后十余年，苏联文坛开始大量刊发之前被禁的苏联文学作品和国外的后现代主义先锋作品，其中也包括大量的西欧戏剧作品，如残酷戏剧和荒诞剧等。当时正值20世纪后半叶俄罗斯"新浪潮"戏剧发展的鼎盛时期。因为万比洛夫对20世纪后半期苏联戏剧的影响，"新浪潮"戏剧又被称为"后万比洛夫"戏剧。而作为"新浪潮"戏剧代表作家，柳·彼得鲁舍夫斯卡娅、维·斯拉夫金、亚·加林、柳·拉祖莫夫斯卡娅、米·罗辛、弗·阿罗、谢·兹洛特尼科娃和亚·卡赞采夫等正如日中天。在社会动荡、人心悲凉和信仰危机的时刻，"新浪潮"的剧作家们加大了对黑色现实的描写力度，因其对社会现实阴暗面毫不留情甚至放大尺度的批判，这一时期的"新浪潮"戏剧又被称为"黑色戏剧"。

从本丛书所选的23部戏剧作品来看，作家出生的年代在20世纪40年代到80年代之间，作品的类型有常见的传统悲剧、喜剧和讽刺剧，也有较为少见的滑稽剧和音乐剧，其内容和主题几乎涉及苏联历史上许多重大的事件，尤其是苏联解体以后俄罗斯的社会现实，呈现出了鲜活的戏剧艺术生态。用传统的考察视角，我们可以在这些剧作中发现大致相同的特点。首先，作家们几乎无一例外地将目光聚焦在了社会小人物、边缘人物和社会底层人物身上；其次，作家们热衷于表现外省苦闷的日常生活场景，或是城市中狭小局促的室内空间，使人的生存与个人命运具有了深刻的哲学意味；第三，戏剧人物往往置于"临界"状态，常常一触即发，其行为和言语在极为自由的状态下极易走向极端，要么热情洋溢情绪高涨，要么歇斯底里大声争吵，在种种极端场景下崇高与卑俗、严肃与幽默、哭与笑等截然不同的两面得到了同时的呈现；第四，虽有弱化情节及强化戏剧人物情感和情绪的倾向，但戏剧家们大多没有脱离心理现实主义戏剧传统，对人物的心理和情绪刻画极具现实主义乃至于自然主义的笔法；第五，剧作家们既善于用纪实性手法表现戏剧场景，又善于以虚拟性手法使自己游离于戏剧场景之外，以作者的身份讲述创作过程，对剧中人物进行点评；第六，剧本对音乐、灯光、布景、造型和化妆大多没有严格要求——这也许意味着，以导演为主体的20世纪戏剧艺术正走向式微；第七，从剧作家的身份来看，近半数所选剧作家都有导演或表演经验，有的甚至是专业演员和导演出身，不少剧作家还是影视剧的编剧，可谓一专多能。

在俄罗斯戏剧史上，出现过两次"新戏剧"浪潮。一次发生在 19 世纪末 20 世纪初，也就是契诃夫的时代；第二次发生在 20 世纪末和 21 世纪初。也就是说，世纪之交的俄罗斯社会和剧坛呈现出了略带规律性的同频率共振。在这样的律动中，我们可以更清晰地看到历史延续的印迹和文学艺术血脉的走向。不论是新世纪"新戏剧"浪潮的主流剧作家，还是处于创作探索期的戏剧新秀，从本丛书所选的 23 部较有代表性的剧作看，俄罗斯当今的戏剧艺术依然首先是俄国和苏联时期深厚戏剧艺术传统的传承，我们可以看到心理现实主义、新感伤主义、新自然主义、后现代主义等艺术潮流的不同影响和体现，也能感知到戏剧家们在新的社会历史时期对艺术的不同诉求和努力探索。从关注人特别是小人物的复杂情感到丰富的精神世界，到过去作品中很少表现的"低级"、负面现象，如生育、流产等生理现象，或军队和监狱生活等暴力现象，到以罪犯、妓女和乞丐等社会底层人物为主人公的黑暗生活悲剧，剧作家们既难以脱离戏剧艺术的道德使命和人文关怀，也没有放弃对戏剧人物、戏剧冲突和戏剧语言等艺术形式方面基于传统的创新。所以，科利亚达、西戈列夫等这种时代感很强的作家现在都声称自己是契诃夫、果戈理、万比洛夫和罗佐夫的"学生"和"继承者"，不断告诫自己"不要忘记契诃夫和莎士比亚"，认为自己专注于描写那些被侮辱与被损害的人是因为自己的创作"来自果戈理的《外套》"。面对千姿百态、精彩纷呈的戏剧现状，虽然有批评家认为当代戏剧创作，尤其是较为普遍的实验性创作过于强调对观众的"休克疗法"，容易走向极端，或过于重视对俄罗斯社会阴暗面的揭露，有迎合西方国家否定俄罗斯政治文化现状之嫌，但是，21世纪初俄罗斯剧作家是如何在继承俄罗斯优秀戏剧传统与展现时代与个性风格间求得平衡与寻求出路，我们大可从这23部剧作中窥其一斑。

感谢国家新闻出版署和俄罗斯出版与大众传媒署发起的"中俄文学互译出版项目"，感谢中国文字著作权协会和俄罗斯翻译学院的组织工作，使得这套厚重的、饱含着中国老中青三代译者辛苦努力的《俄罗斯当代戏剧集》得以面世。希望这些作品能够把最新的俄罗斯剧坛讯息带到中国的读者和观众面前，在中俄戏剧交流史上贡献一份微薄之力。

由于内容的庞杂和戏剧语言的复杂性，译文中一定有不少谬误和欠妥之处，敬请读者们批评指正！

苏玲

2018年7月

（苏玲，编审，中国社会科学院外国文学研究所《外国文学动态研究》主编，中国外国文学学会俄罗斯分会理事。曾发表《二十世纪俄罗斯戏剧概论》《大师与玛格丽特》等著译成果。）

目　录

野 餐

（剧本分两部，带尾声）

弗拉基米尔·热列布佐夫　著

粟瑞雪　译

作者简介

弗拉基米尔·热列布佐夫（Владимир Жеребцов，1968—　），出生于斯捷尔利塔马克市。1985—1993年就读于圣彼得堡电工技术大学。曾获《当代戏剧》杂志优秀作品奖、全俄戏剧家竞赛奖。代表作有《继承人》《叛徒》《爱国者》等。

译者简介

粟瑞雪，中国社会科学院大学教授，公共外语教研部负责人，史学博士。已出版专著《萨维茨基的欧亚主义思想研究》（社会科学文献出版社，2014），译著有《苏联解体：二十年后的回忆与反思》（社会科学文献出版社，2012）、《十二国》（宁夏人民出版社，2012）、《俄国19、20世纪之交法政文献选编》（清华大学出版社，2016）、《俄罗斯、中国与世界秩序》（人民出版社，2018）等，在各类期刊上发表学术论文、译文等四十多篇。

人　物

萨夫奇克。

玛莎。

佩秋恩。

瓦西里萨（瓦夏）。

古辛——片警。

第一部

"曙光"别墅区最边上的一幢老房子，该别墅区距某大城市 N 城（非首都）30 公里。

只见房前有一座小院，外廊里摆着一张桌子和几把旧椅子，另有一把摇椅特别引人注目。玛莎和佩秋恩出现在院里，两个年轻人的手上挎着装有各种食品的篮子，看来正在举办一次小型的野餐。

佩秋恩　还好赶在了下雨之前。天上怎么了……瞧这黑色的天空。

玛莎　（坐在摇椅上说着顺口溜）乌云天上飘，母猪生母鸡……

佩秋恩　不，说真的，差点就被大雷雨给浇了。

玛莎　城里下大雨就更好了。

佩秋恩　什么意思？有什么好呢？路这么不好走，萨夫奇克开车很紧张的，虽然这种车能在任何路面上行驶……

玛莎　佩秋恩，如果在城里开始下雨了，我们今天根本就哪儿也去不了。

佩秋恩　那就待在家里吗？

玛莎　谁说"在家"了？我是说——在城里。

佩秋恩　是不是又扭屁股转呼啦圈啊？你可能觉得有意思……

玛莎　可以因为迷路而到随便什么人家里去。现在是夏天，有很多空的农舍。能组个团是最好的。

佩秋恩　得啦，你和萨夫奇克去吧，我觉得那里不怎么样。那儿都是你们这样的聪明人。

玛莎　得了吧，你也没把我们介绍给你的那些狐朋狗友。我一点儿都不见怪。

佩秋恩　（笑了起来）但我不可惜，下次你和我们一起到市场上去骗傻瓜吗？

玛莎　哦哟，佩秋恩，你若不在我们的心情会很糟糕的……我答应什么了？对了，萨夫奇克在哪儿？他在和那个傻女人耗什么呀？

佩秋恩　他们在参观游览。你和萨夫奇克好像从没来过这儿吧？

玛莎　我们再也不来了，简直求之不得。

佩秋恩　你怎么回事？傻了还是怎么的？（哼哼一笑）我们很容易拉这个邋遢女人入伙的。

玛莎　需要这样的同伴吗？那就让我们在火车站召集流浪汉组团吧。

　　　　〔佩秋恩发出一阵响亮的笑声来回应这句话。萨夫奇克出场。他手里也拎着一个提包，还拿着一台大功率的碟式收录机。

萨夫奇克　你干吗哈哈大笑？

佩秋恩　我太高兴了。

萨夫奇克　（用教训人的手势竖起一根指头）佩秋恩，我的朋友，总做糊涂事的母亲常会觉得很快活。

佩秋恩 你说什么？

萨夫奇克 这是塞缪尔·理查逊说的。他是 18 世纪的英国作家。

佩秋恩 去你的口头禅吧。

萨夫奇克 这不是口头禅，佩秋恩，这是名言。

佩秋恩 反正去你大爷的……

玛莎 何况这里并非所有人都觉得快活。

佩秋恩 玛什卡想回家。

萨夫奇克 怎么会这样呢？

玛什卡 在这儿干吗呀？傻乎乎地跑到这里来。你们现在可以放松了，我怎么办？

佩秋恩 你和我们一起呀。

玛莎 只能这样了。

萨夫奇克 到底有什么问题？我不明白。一小时前还一切正常呢。

佩秋恩 她是因为那位路边的女伴。

玛莎 这跟她有什么关系？只是没心情罢了。

佩秋恩 我再解释一遍，亲们，你们这些耳背的人。三天前，外婆扑通一声倒下，进了医院。救护车直接从这儿拉走的。母亲大人下达任务，如命令一般：别佳，狗崽子，到农村去看看外婆怎样了。我没办法。既然萨夫奇克有这辆小轿车，难道还愿意坐公交车到这儿来吗？你们是不是我的朋友？

玛莎 但愿他给自己买任何东西都不费劲才好。

佩秋恩 现在没空说这些，没时间了——好多事要做。（含着笑意）

萨夫奇克 玛什，快看我。看呀。

玛莎　怎么啦？

佩秋恩　你行了吧。现在弄肉串。食物成堆，还发胀了。让我们坐下来说会儿话。

玛莎　嗯哼，吃饱打嗝后就躺下睡觉。

佩秋恩　这计划不错。不比希特勒在 1941 年差。（把收录机开到最大音量，在突然产生的轰鸣伴奏下开始表演类似舞蹈的动作）

萨夫奇克　（关掉音乐）够了吧。

佩秋恩　什么够了？快给音乐……

萨夫奇克　在城里这音乐已经让我疯掉了。我想静静。

佩秋恩　得了，别发牢骚了。（伸手去开收录机）

萨夫奇克　（拦住他的手）别听了，佩秋恩。一会儿邻居还会跑来捍卫自己的权利。我们需要这样吗？

佩秋恩　什么邻居？没有邻居。这儿一面是树林，一面是废墟……去年房子就烧掉了。后来有个叔叔住在这儿，他只有周四下过雨后才来。视野很开阔！即使杀猪也没人听见。

玛莎　这正是我要跟你讲的。我们烦透了这种刺耳的声音。这是什么流氓进行曲？你哪怕找点更合时宜的音乐呢。

佩秋恩　你们不想听——随便吧。

萨夫奇克　对了，那里有木材吗？还需要带上火盆。

佩秋恩　（从提包里掏出一瓶酒并直接对着瓶嘴喝了一大口）我现在要……

玛莎　你干吗？已经开始了？

佩秋恩　什么叫"已经"？早就该开始了。没有回头路。啊，那位什么公主在哪儿？

萨夫奇克 她在大门旁边找到一只走丢的小猫，正在让它分享香肠。

玛莎 看来，人有善心。让所有人吃饱穿暖，并安排大家睡在一起。

佩秋恩 怎么啦？这办法不错呀。

玛莎 对你来说，任何人都不错。

佩秋恩 别耍泼。为什么你总是像屎吃多了一样，唠叨个没完……

萨夫奇克 佩秋恩，你还是去看看劈柴吧。

佩秋恩 院里有青草，劈柴在草上。如果有青草，劈柴不需要。好吧，我去看看情况。（离开）

萨夫奇克 玛什，你到底怎么回事？这种自发的抑郁是什么玩意儿？

玛莎 你也很棒。打开小门，拉过门拉手……（模仿着样子）"您去哪儿，夫人？可以结伴同行吗？"

萨夫奇克 不，你是认真的吗？

玛莎 需要她吗？还是不需要？

萨夫奇克 我不需要。

玛莎 那么谁需要？

萨夫奇克 很难猜吗？在路上看见她的时候，是佩秋恩碰了一下我的膝盖。难道还不明白，是谁需要她吗？

玛莎 他从没对我这样说过……

萨夫奇克 从外表看，他像精子一样机敏，而一结识女的——就像被制动了，马上出现文化休克。她们看着他，自然而然地就开始放肆地大笑。于是别佳就不得不请朋友们帮助他泡妞。

玛莎 但不需要求你，你时刻准备着……

萨夫奇克 于是感谢上帝，她向我们靠拢了。否则佩秋恩会一晚上不让我们睡觉。

玛莎　怎么，你打算夜里睡觉？

萨夫奇克　不，我要学习几何。（吻玛莎）

玛莎　好吧，听你的。但只能是佩秋恩本人继续逗她开心，你别跟着掺和。（坐到摇椅里）

萨夫奇克　我也希望他自己胜任。

玛莎　她叫什么来着？我不知道。

萨夫奇克　我也不清楚。没啥差别吧。

玛莎　她总是怪怪的，一路上也不说话。对了，今天草丛里怎么有这么多猎禽犬？像东非的大象一样多。

萨夫奇克　谁知道呢。捕鱼日还是什么的。听着，玛什，你最好把这儿整理一下。一切怎么……十分杂乱而古怪。

　　　　［瓦西里萨出现在院子里。

玛莎　杂乱又怎样呢？有什么区别吗？不管怎样，我们就在这里占块地儿。五分钟后就会更乱了。那干吗还要蒙人呢？

瓦西里萨　外廊没棚。

玛莎　那又怎样？

瓦西里萨　肯定会下雨，我们会淋湿的。

玛莎　你不用担心，淋湿了再晒干呗。而且，如果喜欢，就再淋湿。这是我们的事。

瓦西里萨　当然。

萨夫奇克　怎么样，让小动物吃饱了？

瓦西里萨　吃饱了。碰上一只快乐的小猫。

玛莎　意思是说向你亲切地微笑了？

瓦西里萨　至少没嚷嚷。（走近摇椅并仔细地看着它）

萨夫奇克　对了，在车里我没听得太清楚。

瓦西里萨　什么？

萨夫奇克　就是你说你叫什么名字的时候。

瓦西里萨　我没说过，只是上了车而已。

萨夫奇克　那你现在完全有机会纠正失误。

瓦西里萨　我叫瓦西里萨。

玛莎　美女瓦西里萨？

瓦西里萨　寻常的瓦西里萨。有时人们也只叫我瓦夏，我不反对。

玛莎　佩秋恩会满意的。彼得和瓦西里，很好的一对。

瓦夏　（笑了一下）嗯，是的。我已经习惯了。瓦西卡就瓦西卡
吧。这个出自一集电视剧，爸爸很想要个儿子，却生了个女
儿，但又不想放弃这个名字。

萨夫奇克　哪怕是叫冉卡或萨什卡呢。

瓦夏　父亲喜欢瓦夏这个名字。因此我就叫瓦夏了。

玛莎　那就尽情地叫吧。甚至可以叫自己卜尼法①。我们无所谓。

萨夫奇克　你知道我们的名字吗？我叫萨韦利，这是玛莎。

玛莎　别和米龙这名字搞混了。

萨夫奇克　你行了，安静点吧。佩秋恩呢，也就是彼得，正在为
烧烤储备木柴。

瓦夏　（指着玛莎坐着的摇椅）我可以坐吗？

萨夫奇克　坐吧。怎么，舍不得？

玛莎　也许就是舍不得。（但还是站起来，让出了位置）

　　　　［瓦夏坐下来开始慢慢地摇晃。她的脸上当真露出孩子般

———————————

①　卜尼法八世，1235—1303，罗马教皇。

的喜悦。

　　怎么，你以前从没见过摇椅吗？

瓦夏　没有。也许，不知在哪张画上见过。不记得了。

玛莎　感觉如何？

　　　[佩秋恩出场。

瓦夏　真有趣。像是在荡秋千。只是小孩子才荡秋千，大人已经
　　　不可以了，因为他们不好意思。而在这儿，即使是成年人也
　　　可以。

佩秋恩　即使是年纪很大的人。我外婆也喜欢这样坐着。无论什
　　　么时候打电话给她，她都在摇椅上。

瓦夏　你外婆住这里？

佩秋恩　是呀。

瓦夏　她人在哪里？

佩秋恩　好像在复苏科。

瓦夏　发生什么事了？

佩秋恩　心脏病发作。

瓦夏　（从摇椅上站起来）对不起，我不知道。

玛莎　哎哟，你还真是悲痛啊。你发什么愁？她没死呢。医生说
　　　会活下来的。因此继续快活吧。

瓦夏　（到跟前紧盯着她看）听着，我怎么觉得……你在生我的
　　　气？是吗？你是在生气。

玛莎　谁要你管……你算什么东西，还要发脾气。坐着摇你的吧，
　　　少管闲事。

瓦夏　看来，你是生气了。那你知道我要做什么吗？

玛莎 那你要做什么？你一向能做什么？你只会急着去试……

瓦夏 瞧。(做了一个特技"空翻"，然后把腿贴墙上倒立)

玛莎 (惊慌地)这是什么？她在干吗？

瓦夏 而这样呢？这样也生气吗？

玛莎 你傻吗？真是的。

瓦夏 不，你说，我倒立的时候，你也恨我吗？

玛莎 你脑子不正常。

瓦夏 而我看着倒过来的你觉得很好笑。全部恶毒都从脑袋进入到地下。

玛莎 你才是倒过来的呢。而且，看来从小就是。

瓦夏 不，现在我要和你认真地吵一架，为此你也必须做倒立，否则不会有结果。

玛莎 (对萨夫奇克说)你支持谁？你瞧，她脑子完全不正常。

萨夫奇克 当然，这一切都令人快活，但事实上……或许，你也能用肢体支撑呢？下肢。

瓦夏 (直立着)您别害怕呀。我很正常。只是不希望您每五分钟攻击我一次，就像游击队员打击法西斯分子。我没硬要来这儿，对吧？是你们主动招呼我说，"如果没事，就和我们一起走吧。有羊肉串，啤酒，音乐和诚恳的交谈"。我喜欢说交心的话。但老实说，我现在更想吃东西。

玛莎 你还想要什么？

瓦夏 但如果你们改变主意，也可以让一切倒回去。把我放在原来那个十字路口，我继续走我的路，不会有任何怨恨和不带脏字的谩骂。

萨夫奇克　行了，忘了不愉快。留下吧，别遗憾。听着，丫头们，你们最好想个办法把桌子装饰起来，行吗？把吃的东西切细摆放到盘子里。

佩秋恩　听着，萨夫奇克……

萨夫奇克　什么丢了？烤钎在这儿……

佩秋恩　等会儿用烤钎……那儿有这个……

萨夫奇克　"这个"是什么？

佩秋恩　我有点儿不明白。我去板棚找劈柴，看见有辆自行车随便扔在那儿。一辆时速12公里的标准山地车。

萨夫奇克　那怎么了？以前没见过自行车？

佩秋恩　但我亲爱的外婆似乎从未参加过自行车比赛。

萨夫奇克　你怎么知道？也许她业余时间还总是玩跳台呢。

佩秋恩　我说真的……

萨夫奇克　那这就不是她的自行车。有位邻居在板棚里放两天而已。

佩秋恩　当然，也许是这样。只是车不在板棚里，而是在旁边。不是立着放的，而是随便扔在草地上。好像是有人把它扔掉了似的。想想看，两万卢布在地上扔着，又不知道是谁的……

萨夫奇克　那去看看吧。到底是什么运输工具？

　　　〔萨夫奇克和佩秋恩下场。

玛莎　（对瓦夏说）你看着我干吗？哪怕弄弄香肠呢，你会吗？还是只会倒立？（从提包里拿出香肠棒扔给瓦夏）

瓦夏　香肠？我特喜欢切香肠。我可以从早到晚地把它们切片。如果你想知道，这是我的第二个天赋。

玛莎　那第一个呢？在路边像懦夫一样挥手吗？

瓦夏 （十分严肃地）不。第一个天赋是和山雀说话。因为无论好说歹说，别人都不理解我。请给我刀子。

玛莎 也许，你不用刀都行吧？我看，嘴巴够厉害的。

瓦夏 我可以不用刀。（咬下一大块，开始心满意足地嚼）

玛莎 好啦，别装疯卖傻了。（伸手递给刀子）够了。

瓦夏 餐具呢？在房子里吗？钥匙在哪儿？

玛莎 我不想用她老太太的那些餐具。有谁用它吃过东西呢？一些脱了毛的猫。这儿有一次性的餐具。（递给瓦夏一包盘子、叉子和杯子）

瓦夏 （仔细看着餐具包）嗯哼，够六人用的一套"野餐用具"，很专业。

玛莎 把下酒菜弄碎吧。我也先稍微喝点。（给自己倒上酒）

瓦夏 （开始切食物，不忘时不时往自己嘴里扔一小块儿）这是什么糖水？

玛莎 这是马丁尼酒，极其优质的产品，即使是盛在塑料杯里。以前尝过吗？给你推荐这个。

瓦夏 没有，从没喝过。

玛莎 你更喜欢喝伏特加吧？

瓦夏 不，也不喜欢。

玛莎 难道搭车来喝家酿烧酒吗？

瓦夏 （放下刀）听着，我已经说过了。如果你这样神经过敏，也许我们就不互相打扰了？我就悄悄离开吧。只是请指一下路。

玛莎 你走还是留，我反正无所谓。完全没区别。你知道什么使我恼火吗？是你在这儿硬充森林拇指姑娘。"羊肉串，音乐和诚恳的交谈"。怎么，你不懂接下来会怎样吗？你不知道这俩小子为什么让你顺路搭车吗？只是聊天吗？还是你是个十足的傻瓜？

瓦夏　不全是。

玛莎　那就别扭捏作态。

瓦夏　我没有扭捏作态。只是想吃东西。

玛莎　那吃吧，然后打工偿还。

瓦夏　不，我不干。

玛莎　你要去哪儿？

瓦夏　你别怕，我有点钱，我会付账的。是你的食物吗？

玛莎　就算是吧。

瓦夏　（从牛仔裤的裤兜里掏出钱）300卢布够吗？还是你再抬抬价？

玛莎　去你的吧……

瓦夏　你这个人很难处，玛莎。（笑着）

玛莎　不，你是想说，你往佩秋恩裤裆里塞200卢布他就会安静下来吗？他鞠一躬就会去睡觉吗？我可以马上告诉你，姑娘，他绝不是一位英国勋爵。他是一条寻常的公狗。如果他发起脾气来，你就惨了。好吧，如果你是全副武装地去林中游玩的话……

瓦夏　不需要。不喜欢睡前听可怕的故事。小时候就让我腻烦。而你的别佳也不是那只大灰狼。

玛莎　你怎么知道不是？

瓦夏　看得出来。我能揣测别人，已经学会了。你想，我会坐进

您漂亮的小汽车吗，如果……（沉默起来）

玛莎　如果"什么"？

瓦夏　如果你的别佳有这么尖利的牙齿。（笑起来）还有这么大的耳朵！

玛莎　小心，小红帽，可别让他用长尾巴把你给捂死了。

瓦夏　对了，你凭什么认为，我会反对呢。也许，我立刻就喜欢上他了呢。

玛莎　喜欢上谁？

瓦夏　你的别佳，或者是你们所称呼的佩秋恩。也许我一看见他，就"啪"——一箭射中心脏。

玛莎　因为佩秋恩而"啪"？怎么，你来自幻想家代表大会吗？

瓦夏　为什么不呢？他是个不错的男孩，只是不整洁。我自己也没打扮。

玛莎　你来真的？

瓦夏　这样不行吗？

玛莎　没有，这是你的事情。大家都需要获得生殖技巧，只是别谈爱情。

瓦夏　好啊，我不会的。（拿起一个罐子）这是什么？嗯，小西红柿。（试图打开罐子：没能成功）他妈的，这不是罐子，而是布列斯特要塞。

玛莎　放下吧，有男人来做这种事。听着，佩秋恩的确是个不错的年轻人。我们都住一个院，我，萨夫奇克和他，小时候就在一起。

瓦夏　我不是说我会揣测人吗。

玛莎　而我，不是很会。我一开始觉得……

瓦夏　我是个寻常的傻女人。

玛莎　差不多吧。

瓦夏　你认为，我想把你身边这个讨人喜欢的男孩拉走，对吗？

玛莎　这倒未必。抱歉，你不是他喜欢的类型。

瓦夏　同意，我也不太情愿。你不用担心别佳也不要说服我，我自己会弄清楚。

玛莎　小心别让这些事伤透脑筋。

　　　［佩秋恩回来了。

佩秋恩　怎样？神奇的桌布①准备好了吗？

玛莎　听着，佩秋恩奇克，瓦夏好像一直盯着你看呢。我说的是女瓦夏。（不自然地笑着）

佩秋恩　什么？

玛莎　她喜欢你。她刚才自己承认了。愿意和你一晚上都待在被窝里。如果可以这样说的话，在大自然的怀抱里。

佩秋恩　（明显很局促不安）去你的吧……

瓦夏　别佳，你别难受。我开玩笑的。

玛莎　这也算玩笑。可不能这样。给了人希望，现在又装傻吗？

佩秋恩　时候差不多了，我们归置一下吧。（给自己倒上伏特加）

　　　［萨夫奇克手拿烤钎出场。

萨夫奇克　火盆安好了，劈柴有了，就剩把肉穿在烤钎上了。（对佩秋恩说）你别着急，迟早会有人来的。

_____
① 民间故事中会自行出现食物的桌布。

佩秋恩　你指什么？

萨夫奇克　我说自行车呢。丢的可不是 3 卢布。一小时后就会有人冒出来要自己的财产。

佩秋恩　不交赎金就不给。

萨夫奇克　这是自然。给我也来点伏特加，小半杯（二指）。然后再说事。

佩秋恩　（递过一个杯子）拿着。（对姑娘们说）你们有了吗？

玛莎　倒上了。

佩秋恩　那么，算是为相识喝一杯吗？

萨夫奇克　不算为相识而喝，我们还没认识呢。

　　　　〔除瓦夏外，大家都喝了。

　　　　现在可以认识一下了。

　　　　〔继续闲谈的时候，萨夫奇克和佩秋恩把肉块穿在烤钎上。

　　　　干吧，陌生的美女。

瓦夏　我应该说点什么吗？

萨夫奇克　如果你方便的话。

佩秋恩　我们干吗要互相介绍？我们小时候就……

瓦夏　到底说什么呢？出生年份？国籍和婚姻状况？你们想知道，我是否喜欢古典音乐吗？老实说，不太喜欢。

萨夫奇克　你在那十字路口干吗？要去哪里？回家还是去做客？

瓦夏　既不回家，也不去做客。

佩秋恩　那是怎么回事？

瓦夏　因为我在这里没有家。而那儿……那儿也没有。姑妈大概

不知道，我是去她那儿。也许，现在她还在图阿普谢①平静地
生活。

玛莎　那就是说，你急于到海边去。你这儿的房子怎么了？烧
掉了？

瓦夏　我父亲死了。我曾和他住一起，两个人一起生活。这儿再
没别人了。我说的是亲戚。姑妈在图阿普谢。我从没见过她。

萨夫奇克　等等，等等。你和父亲住在火车站，还是怎么的？你
的房子哪儿去了？或者说单元房？

佩秋恩　住活动房里吗？

瓦夏　住工作室里，父亲的工作室。我父亲是一位画家。两年前
在这儿找了间阁楼。妈妈去世以后，他把我们的住房卖了，
买了阁楼，像体育场一样大的阁楼。我们俩就住在那里。他
画画，我呢……总之，就是把他画的东西拿到市场上卖。你
们知道吗，南墙旁边有个小地方，卖各种小纪念品……也
卖画。

玛莎　不知道。怎么了？

瓦夏　不怎么。后来父亲死了，我一个人把他埋了。一周后来了
一个人，要我立刻从阁楼搬走。

佩秋恩　为什么？怎么会这样呢？

瓦夏　因为他有房子的凭证，而我……（两手一摊）但他是位善
良的大叔，给我整整三天时间，让我来得及收拾东西。

玛莎　来得及吗？

----

①　图阿普谢，俄罗斯港口城市，位于黑海。

瓦夏　正如你看到的那样！能卖的就卖了，来不及收拾的就送人。

佩秋恩　正常。你是在哪儿上过学还是怎么的？

瓦夏　嗯哼。我是三所学院毕业，全日制，夜校和函授。全优。

萨夫奇克　如果说真的呢？

瓦夏　如果说真的，我中学最后两年都没上。弃学了。

佩秋恩　我也一样。

玛莎　那你知道地球是圆的吗？

瓦夏　你干什么呀？！（笑了起来）你们还真别把我当傻瓜。我读的书不比你们少。而父亲，总之，当他一切正常的时候，告诉过我所有的事。

萨夫奇克　什么叫"当父亲一切正常的时候"？什么时候不正常呢？

瓦夏　不正常的时候，他会成天坐在椅子上看一个点。坐着看着，坐着看着。可以一个月和谁都不说话，也不出门。根本不。

玛莎　他怎么这样？精神失常了吗？

瓦夏　如果你愿意的话，也可以这样说。人们常常这样说他。我反正无所谓。他是父亲。他是个很善良的人……（扭过脸不看大家）

萨夫奇克　那他怎么能画画呢，如果精神失常的话……

瓦夏　不能。我替他画。他教给我一些。

玛莎　那你也是画家啰？！名士派，你是只咀嚼的刺猬。

瓦夏　不，我不是画家。

佩秋恩　你可是自己说的，你会画画。

瓦夏　所有人都会画画。而画家是另外一回事。

萨夫奇克　那区别在哪里呢？给我们这些不大聪明的人解释一下吧。

瓦夏　过会儿再说，行吗？

佩秋恩　干吗要拖延呢？

瓦夏　我想说的是，当我父亲生病的时候，我就描他的图。明白了吗？他画，我描图。如果想听的话，我讲个故事吧。有一次，他画了一张芭蕾舞女演员的画。女演员在舞台上跳一支舞。好像只是一幅寻常的，但又有点奇怪的小画。老实说，我不想卖它，就把价格比其他的画抬高了三倍。但还是有人不还价就立刻买走了。我回到家对爸爸说：再画一张吧。他就画了。这幅画第二天也被买走了。然后就又画，再画。于是我们靠它维持了半年生计。后来父亲病情发作。他什么也画不了，也不想画了，坐着视察自己的内心深处。但要吃饭呀。于是我拿出留下来的一幅《芭蕾舞女演员》，简单说来，照着描图，这是我专门留下来的。描得似乎还很像。我拿到市场上出售，但谁也不关注。我又描了一幅，还是一样。最后也没能做到父亲那样。于是我按自己的想法来画，还画这个，但按我自己的想法画。

玛莎　那这幅画，自然被争着买了。

瓦夏　我没把它拿到市场上卖。我自己留着。

玛莎　多么动人的故事呀！心在流血，泪眼婆娑。

佩秋恩　你说你在市场上卖过自己的画？

瓦夏　经常在那儿卖。有时在别的地方。在普罗列塔尔斯克① 还有一条不错的小胡同。

---

① 普罗列塔尔斯克，俄罗斯罗斯托夫州城市。

佩秋恩 如果在市场上卖过画，你应该知道米什卡·弗兰楚兹。那里所有人都知道他。

瓦夏 不知道。我故意不与别人认识，喜欢独来独往。

佩秋恩 玛什，把那边的面包和香肠给我一块。

玛莎 （在篮子里翻找）这儿没有面包。忘记买了。

佩秋恩 怎么忘买了？我买了呀。

萨夫奇克 或者曾经想买。

玛莎 总是这样。

萨夫奇克 我倒不伤心，只是佩秋恩要开始啜泣了。

佩秋恩 不行，我不能不吃面包。没面包怎么叫吃饭呀，就像母亲说的，那是浪费食物。应该去买一趟。

玛莎 （对瓦夏说）听着，朋友，不为尽责，而为交情。快跑一趟商店吧，也许离这儿不远。

佩秋恩 400 米左右，沿这条街直着往前。

瓦夏 好的。（拍着自己的口袋）

玛莎 好啦，别找了。给你钱。（递上一张 1000 卢布的纸币）两袋白面包和 1 瓶矿泉水。

佩秋恩 矿泉水也要两瓶。

瓦夏 1000 卢布？太多了……

玛莎 会找钱给你的。

佩秋恩 再买点好烟。烟剩得不多了。

　　〔瓦夏准备离开。

玛莎 怎么，你准备空手拿这些东西吗？带上你的背包，会用得上。

　　　　［瓦夏拿上背包走了。

玛莎　怎么，佩秋恩，伤心了？

佩秋恩　什么意思？（再次打开音乐，但非常小声）

玛莎　被生病的爸爸和可怜女儿的故事打动了，不是吗？

萨夫奇克　我认为是十分真实的故事。

玛莎　你也学别人的样子吗？她在撒谎，就像接受审讯的骗子，
　　你们还相信了。

萨夫奇克　你故意给她 1000 卢布还让她带着包走？

玛莎　因她讲故事而给的非常可观的报酬。

萨夫奇克　你认为她不会回来了吗？

玛莎　不是认为，而是知道。难道你怀疑吗？

萨夫奇克　就像亚伯拉罕·林肯死前所说的：嚼一嚼就会看见。

佩秋恩　这是什么？我不懂。你们随随便便地就叫她滑头吗？那
　　她现在会跑掉吗？

玛莎　是的，这样简单些。她拿到自己应得的就可以走了。否则
　　要嘚瑟一晚上。一个独脚的芭蕾舞女演员。我不喜欢。

佩秋恩　那我们还是没面包吃，是不是？

玛莎　这样更好。

萨夫奇克　我们什么时候开始烤肉串呢？但愿是时候了……

　　　　［片警古辛出场。

古辛　大家是在消闲吗？（举手敬礼）这样说吧，你们好！①年轻人。

佩秋恩　（关上收录机）为什么要忧伤呢？

---

　　①　原文是德语"你们好！"的译音。

古辛 因人而异。瞧，你们在休息日觉得自由自在。（把一个瓶子拿到手里）喝白兰地吃羊肉串……（把瓶子放在地上）而我还得工作。

玛莎 您负责什么呢？警察局长先生。

古辛 （皱起眉头）别叫……警察局长。我只是个警察。你们臆造了。我是本地的片警，古辛·谢尔盖·彼得罗维奇。当地人一般就随便叫我谢列盖。

玛莎 好吧，就这样……

古辛 没事儿。我只是路过，听见玛利亚·瓦西里耶芙娜家里很热闹，心想，去打个招呼吧。对了，主人在哪儿呢？

佩秋恩 在医院。前天送去的。

古辛 真想不到。怎么回事？

佩秋恩 心脏问题。

古辛 现在所有人心脏都有问题。你是？

佩秋恩 我是她外孙。

古辛 看来很久没来亲爱的外婆家了吧。

玛莎 您从何而知？

古辛 我一般都记得那些经常来的人。镇子不大。和某些人一天能面对面地碰上五次。我如果碰上谁，就会记录下来。

玛莎 向您致敬。

佩秋恩 我已经不记得，最后一次来是什么时候了……大概四个月前来过，待的时间很短。还有就是小时候……

古辛 什么时候？

佩秋恩 大约五年前吧，当时还在这儿住了一个夏天。

古辛　　我才在这儿工作三年。这么说，我们差点没遇上……（笑
　　　　了起来）

萨夫奇克　　瞧瞧您，同志……片警先生，总是兜圈子。怎么，不好
　　　　意思吗？您最好马上就说："请出示证件。你们是否携带有武
　　　　器、毒品和其他违禁物品？……"

古辛　　你也是主人的外孙吗？

佩秋恩　　这些是我的朋友。我们来查验外婆的房子，顺便就安排
　　　　个野餐什么的。

玛莎　　你干吗要向他申辩？你可以算是在自己家。

古辛　　确实要请你们出示一下证件，只是例行公事。

佩秋恩　　但我什么也没有，没带证件。萨夫奇克，把驾照给他
　　　　看看。

萨夫奇克　　但我刚才好像没开车。我已经喝过酒了，还要看驾照。

佩秋恩　　给他看呀，你干吗？

玛莎　　快让他别纠缠我们了。

　　　　〔萨夫奇克把驾照递给古辛。

古辛　　（认真阅读）萨韦利·根纳季耶维奇。

萨夫奇克　　是我。

古辛　　尤什科夫？

玛莎　　我们已经知道你会阅读了。

古辛　　（还回驾照）会一点儿。好吧，继续快活吧。

佩秋恩　　我有个问题。

古辛　　请问。

佩秋恩　　您为什么休息日还要整装出勤呢？为什么不休息呢？

古辛　喂，这可是工作机密，不能说……

佩秋恩　对了，您也许饿了吧？随便吃点儿东西吧。

古辛　我来点儿吧，谢谢。确实，从早上就开始负责地区巡逻了。（小心地从桌上拿起一小块香肠和一小片干酪）要是有面包就好了……

玛莎　没有面包。将就一下吧。

佩秋恩　到底有什么事儿？

古辛　我看你们是充满激情的孩子。

佩秋恩　什么意思？

古辛　意思是相互迷恋。对了，为什么只有你们三个人呢？通常是一对一对地出门烤串呀。

玛莎　（嘲弄地）就这样了。请原谅，片警同志。

古辛　哦，不，我只是顺便说说。我想说的是，你们会有很多事情忙活，应当休闲……没必要知道坏消息。

萨夫奇克　有什么可怕的事情发生吗？

古辛　（拿起第二份食物）昨晚我们这儿发生了本世纪以来最大的抢劫案。当然，只是我才悄悄告诉你们。说是不要扩散消息，一辆车和钱被抢了。两人用提包装了 600 万，去给一个重要人物。

佩秋恩　600 万美元吗？

古辛　卢布。但也是钱呀。简单说，就是车没开到目的地就被抢了。

萨夫奇克　谁干的呢？

古辛　好像是自己人干的。就是说其中一人枪杀了另一个，然后拿走了钱袋。这样说吧，就是逃离了案发现场。一切都发生在 107 公里处，离这儿不远。

萨夫奇克　那现在，也就是说，"截击行动"已经开始了？或者你们把这个叫作别的什么？

古辛　好像是吧。只是没有声张。收钱的大叔是我们的人，他叫我们在找到钱之前，谁也别说。

佩秋恩　那你们现在能找到谁呢？都过去多长时间了？15 小时了，对吧？

古辛　可能稍少点。

佩秋恩　这段时间我都来得及去克拉斯诺达尔边疆区了。

古辛　坐什么去？

萨夫奇克　反正得乘坐什么交通工具吧。

古辛　问题在于，那儿什么交通工具都没有，即使是好久没用的。他跑进森林里了。警犬追踪到小河边……这个我也秘密地告诉你们。新闻里谁也不会说这个。后来就沿着小河找……不知跑哪儿去了，失去了踪迹。一切都按部就班。

萨夫奇克　就是说，那儿有人等他。

古辛　嗯，是的。还开着直升机。你们电影看多了吧。不，他还在这里某个地方。在周边。而且他有个现实的问题。显然，他的搭档临死前也击中了他。

佩秋恩　什么意思？

古辛　有血迹沿着脚印在流，看来被打伤了。就是说在看医生之前，需要缓过来。

佩秋恩　在哪里缓？

古辛 全部问题都在这儿。因此夜里所有人都行动起来了。上面说，去找吧，仔细找，也许会发现什么可疑的东西。我这不就来问问大家嘛。对了，你们没发现什么可疑的吗？

萨夫奇克 我们要是看见就告诉您了。尽管这儿有个不寻常的情况……一辆自行车……

佩秋恩 （大声叫喊）这条恶狗！真没想到，他妈的！（举着流血的手）我想切香肠，却把手指割破了。听入神了，跟木头似的。

玛莎 你干吗叫成这样？好像是把自己阉了，而不是切到手指。车里有药箱，包扎一下吧。

佩秋恩 不用，没啥。就这样血也会止住的。（对萨夫奇克说）怎么，你想起那个戴鸭舌帽的男人了吗？（非常认真地看着萨夫奇克）

萨夫奇克 戴鸭舌帽的？

佩秋恩 难道他戴的不是鸭舌帽吗？就是我们转弯时碰到的那个骑自行车的人。

萨夫奇克 我觉得，他戴的不是鸭舌帽。

佩秋恩 那是啥？

玛莎 有檐的帽子。只是样式不时髦。

佩秋恩 那就带檐帽呗，有啥区别。

古辛 什么样的帽子？什么样的男人？

佩秋恩 就是我们快到镇上的时候，在转弯处看见一个骑自行车的男人。他是这样骑车的。（用手做了一个波浪状的动作）我在想：刚才，这狗东西，差点钻到车轮底下，萨夫奇克发了信号，他还那样。他听不见。好容易才错车。

古辛　为什么他这样骑车呢？（重复波浪状的动作）

佩秋恩　我们认为这是个喝得烂醉的人。他去趟商店，喝点解醒
　　酒就完事。谁都不会问他要证件。

古辛　（对萨夫奇克说）他长什么样？

萨夫奇克　很平常。40 岁左右，宽肩敦实，还戴一顶鸭舌帽。

佩秋恩　谁也没仔细看过他，就是酒鬼的样子，只是骑着车。

古辛　这有点像米沙尼亚·图马诺夫。他的风格是一大早就喝醉。

佩秋恩　您更了解情况。

古辛　以防万一也要查明。不要紧。你说在转弯处？那就是要去
　　巴利亚基诺。我们人员缩减了，懂吗？现在一个人得管三
　　个村。

玛莎　为什么您不吃完呢？肉串烤好后，您再来吧，我们给您留
　　半桶。我看您的胃口很好，警察同志。

古辛　（丝毫不客气）谢谢，我也许会再来看一眼。现在不打扰
　　了。还有，以防万一，这是我的名片，上面有电话。没事。
　　再见。接着玩吧，别丧失警惕。（走了）

佩秋恩　（紧接着）你们不觉得烦闷吧。

萨夫奇克　做事吧。（对佩秋恩说）你是故意割伤手指的，对吗？

佩秋恩　你现在才明白吗？

萨夫奇克　不，当时。

佩秋恩　根本不需要提这辆自行车。这有他什么事。否则他刚才
　　就会在这儿打听，这是谁的自行车，从哪儿来的。就又会闲
　　待两小时了。

玛莎　你了不起。

佩秋恩　让他到转弯处去找米沙尼亚·图马诺夫吧。

萨夫奇克　你在撒谎，佩秋恩。

佩秋恩　这怎么了？

萨夫奇克　你不是因为这个弄伤自己的吧。不是因为一辆自行车吧。

佩秋恩　那因为什么？

萨夫奇克　因为一个人。你好像估摸出，有谁会骑它到这儿来，不是吗？

佩秋恩　是这样。冒出个想法，谁知道呢。目前我们还没到房子里去过。

玛莎　你们俩小子干吗呢？你们是认真的吗？你们想什么呢，是被打伤的男人骑车来这儿了吗？

佩秋恩　也未必。不会有这样的事。但从另一方面讲，什么都可能发生。我娘二十年前中奖得了一台洗衣机，现在还在用。

玛莎　这会儿说什么抽奖呀！

佩秋恩　不必这么担心，玛舒恩。没发生什么可怕的事情，你干吗提前害怕？

玛莎　那如果发生了呢？突然这个受伤的弱智确实就躺在房子里。他可不是用弹弓射死自己人的，他当时有一把手枪呢。

佩秋恩　（笑了起来）得了吧。男人，手枪……那儿什么人也没有。想要我证明吗？（向房门走去）

玛莎　站住！等一下。万一他就在那儿呢？

萨夫奇克　你一进门，他就会朝你射击的！直接射向你极其聪明的脑袋瓜。你没有估计到这种方式吗？

玛莎　抽奖倒是有各种情况。有人走运，有人遭难。

佩秋恩　你们怎么像小孩一样。(但还是没有开门)

萨夫奇克　听着，这个院子里出现一辆自行车不是那么简单的。
我也不想无故就对警察说自行车的事，一切都不谋而合。

玛莎　什么不谋而合？

萨夫奇克　让我们按顺序来理一下。如果他昨天才抢劫杀人，那
今早之前他能徒步逃到哪里？哪儿也去不了。就是说，他需
要交通工具。森林里能有什么交通工具呢？那里开坦克都过
不去。即使不是原始森林，小路也很窄。

佩秋恩　骑自行车就不费劲。

萨夫奇克　我也说的是这个。这种情况下最合适的是小汽车。但
如果他受了点伤……从全部情形来看，他不只是切了手
指尖……

佩秋恩　你想说，他即使骑自行车也走不远吗？

萨夫奇克　正是。估摸一下——流着血，又是夜里，不敢走大路……
怎么办？

玛莎　因此，需要走几个僻巷才能勉强到达最近的村庄。

萨夫奇克　而这个镇子，据我所知，就在离整个枪击事件不远的
地方。

佩秋恩　那好，但这儿还有巴利亚基诺和上卡尔达什，即使他往
这个方向移动的话。

萨夫奇克　我也没说他一定会往这里骑，我说的是他完全可能骑
到这儿。这条路线不比别的差。

佩秋恩　就算这样，那然后呢？

玛莎　哎呀，我不喜欢这些。我们离开这儿，好吗？

萨夫奇克　你设身处地地想，他出发来到镇上，谁在这儿等他？

佩秋恩　我怎么知道？

萨夫奇克　没有人呀。而他会闯进最近的一所房子吗？瞧，我不是说过，他受了点伤，找不到绷带和能躺下好好休息的吊床吗？他又不蠢。到警察局自首更简单。

玛莎　就是说，他会寻找没人的房子。

佩秋恩　那是怎样呢？

萨夫奇克　很简单。有人在家，晚上都会开灯。家里黑乎乎的，就说明主人离开家去别的地儿了。

佩秋恩　也许，有人只是早些躺下睡觉了。

萨夫奇克　这样可以敲门，叫醒他们，如果有人被叫醒的话。而如果没有人，他就有机会过夜。

玛莎　那门钥匙呢？门是锁着的呀。

佩秋恩　按说目前还没人碰过这门。

萨夫奇克　打开门比塞进去两个人容易。按说也可以从窗户爬进去。

佩秋恩　对了，就是的。窗户被打开了，敞开着。

玛莎　真是晕死了！到底发生什么事了？他真的在这里吗？

萨夫奇克　这不是事实。也许，这是佩秋恩的外婆早就打开了的。她是被紧急送走的，顾不得窗户。被打开还是关上——谁检查过呢。

佩秋恩　也许，是外婆自己开着的。

玛莎　也许不是外婆。

佩秋恩　干吗猜呀，应当进去看看。（走到门边很小心地碰它）好像是关着的。只是不知道是锁住的还是从里面插的门闩。（拍着自己的口袋）钥匙哪儿去了？

萨夫奇克　你等一下。先从窗户往里看看。

佩秋恩　就是的。(向屋角走去)

玛莎　我们来休闲，却发生了这种事。

萨夫奇克　你别早早地就唠叨，这都没用。

〔院子里出现从商店回来的瓦夏。

瓦夏　(把背包随手扔在桌上)你们怎么这么闷闷不乐？

我还想，这儿全都乱哄哄的呢，宴会正酣。你们好像还没开始呢。

萨夫奇克　(对玛莎说)你说的，火车不会来了。

玛莎　看来钱给少了，1000 卢布不够。是个极品。

瓦夏　你们在说什么？

玛莎　没什么，在说茶的品种。面包买了吗？

瓦夏　面包、香烟、水和酥糖都买了，还有糖果。我喜欢甜食。你们不反对吧？

萨夫奇克　我们赞成。

瓦夏　(把钱放到桌上)对了，这是你的 1000 卢布。我自己的钱够了。要不然我享用的免费招待就太多了。

玛莎　你以为自己是百万富翁吗？想像阿布拉莫维奇①那样吗？好啦。

瓦夏　你们怎么心惊胆战的？发生什么事了？

萨夫奇克　没有，没啥事。

〔佩秋恩回来了。

---

①　阿布拉莫维奇，俄罗斯最有钱的人之一。

佩秋恩 （困惑地看了瓦夏几秒钟）你来了。

瓦夏 是呀。我有点不明白……你们以为我……

玛莎 你打住吧。我们什么也没认为。（对佩秋恩说）那儿有什么？

佩秋恩 我不知道。里边黑乎乎的。很难钻进去。主要是……窗户下面有些脚印，不知道是谁的。

瓦夏 什么脚印？谁能和我解释一下吗？……

玛莎 （像突然想到什么似的对她说）听着，朋友。我才想到，你倒是可以帮助我们。佩秋恩忘带门钥匙了。不管怎样应该把房门打开。否则我们将像流浪汉一样待在门廊里。而且乌云越来越密了。

佩秋恩 听我说，是这样。应该看一下，救护车走了之后，那里边发生了什么事情。我们就是为此来这儿的。（对萨夫奇克说）我说得对吧？

萨夫奇克 正确。

佩秋恩 得，怎么进去呢？把门弄坏就不划算了。外婆会见怪的。

瓦夏 这和我有什么关系呢？

玛莎 我有个建议啊。这俩小肥屁股（指着萨夫奇克和佩秋恩说）是钻不进去的，我完全不可能。而你是我们当中的体操运动员，这是天意。

佩秋恩 怎么，这很难办吗？两分钟就能搞定。

萨夫奇克 不，不需要爬窗户。我们想其他办法。

佩秋恩 为什么还要想其他办法？已经有办法了，干吗不用呢？

瓦夏 好吧，我去。

萨夫奇克 等等！

瓦夏　（扭过头来）干吗？

佩秋恩　（推着她的背）没事，意思是小心点。别打碎玻璃，否则
　　会被割伤。去吧，去吧，我扶你。

　　　　　［他们下场。

玛莎　（稍微停顿了一下）所有的问题都解决了。

萨夫奇克　有点儿不好。

玛莎　你怎么就觉得不好呢？

萨夫奇克　她可什么都不知道。

玛莎　她会睡得更踏实。你别担心，那儿没人。就这么简单，以
　　防万一。

　　　　　［佩秋恩回来了。

　　　　　怎样？！

佩秋恩　她像松鼠进树洞一样跳了进去。耍杂技的。

萨夫奇克　她跳进去了吗？

佩秋恩　马上就出来了，我们问一下。怎么进去这么久？迷路了
　　怎么的？

　　　　　［门开了。瓦夏站在门口，手里拿着一个小提包和一把枪。

　　　　　玩杂技的回来了。

瓦夏　他还活着，还有气。

第二部

地点同上，还是那些人，过了不大一会儿。

萨夫奇克　简单说，这个受伤男人的情况就是这样。谁会知道，他确实躲在这儿呢。

瓦夏　你们这帮坏蛋……（擦着眼泪）

佩秋恩　好啦，别哭了。你干吗像洒水车一样，已经哭了半小时了。

瓦夏　你们其实什么都知道。门是从里边关上的。

佩秋恩　我们怎么知道……

玛莎　我们也不知道。我们是猜的，千分之一的概率。你中签了。你这么走运，有什么办法呢。

瓦夏　就像把钓饵穿到了鱼钩上。

玛莎　那你期望什么呢？我们相互认识很久了，有十多年。而你，美女，我们是第一次见。在这种情况下，谁应该去爬窗户呢？

瓦夏　谁也不该。

佩秋恩　生活是一件很艰难的事情。反正某人应该爬窗户。

玛莎　你担心自己的朋友和亲人，我们也会。一切都很公道。下次你躲在战壕里。

瓦夏　根本不会有下次。如果他还有意识的话……

萨夫奇克　一切都糊里糊涂地发生了，请你原谅……

玛莎　你就别道歉了，都烦你道歉了。你最好说说，下面怎么办？

瓦夏　我们的确应该做点什么……应该打电话！

佩秋恩　往哪儿打？

瓦夏　我不知道，打给警察局或者救护车……他还躺在那儿，呼吸很弱，满身是血。

萨夫奇克　（拿出电话）那人的名片在哪儿呢……

佩秋恩　什么见鬼的名片？

萨夫奇克　那个片警的名片。嗯哼，在这儿。（拿着放在桌上的名片，开始拨号码）

　　　　[佩秋恩猛地夺下他的电话。

　　　　你干吗？我不明白?! 你不信任我吗？

佩秋恩　我不明白。你准备给谁打电话？

萨夫奇克　（慌张地）你傻吗？什么叫给谁打？打给严寒老人①。

佩秋恩　那这些严寒老人立马就会成群结队地跑来，捆上这个傻瓜，给我们每人发份礼物感谢支持。不，他们首先会用一大堆问题折磨你，然后才放你走。最重要的是，看这儿（把钱袋抱在手里），他们会拿走这个大袋子。

玛莎　佩秋恩，你到底怎么了？你疯了吗？你在胡说什么？

佩秋恩　我吗？我一切正常。你们才疯了。（叫喊着）这儿有六百万

---

①　"严寒老人"为俄罗斯童话人物，在新年前夕和"雪姑娘"一起乘坐三套马车，给孩子们送去新年礼物和祝福。

卢布！也许，还更多！我一辈子都挣不了这么多钱。你要我现在把它给别人吗？见鬼去吧！（拿出手枪）

玛莎　别佳，少安毋躁吧。我知道，这些钱让你印象深刻，但这不是你的钱。你打不打算交公——谁会问你吗？

佩秋恩　你当然说得轻巧，因为从小就有人给你和萨夫奇克送东西。"给你，小姑娘，这是花很多钱买的很贵的洋娃娃。孩子，这是给你的，1000 美元的良种小猫。"他妈的，一般的马都没有您的小猫贵。它被你给撑死了！

萨夫奇克　它怎么死的不关你的事。或许，你能不能不喊叫了？

玛莎　别佳，人为财死，鸟为食亡。你别想钱的事就轻松了。

瓦夏　你们在这儿内部发生口角，那个人就快死了。快打电话吧。

佩秋恩　那就让他死吧！根本没人让你发言。你还在这儿干什么？快离开这儿，跑回那个十字路口。

玛莎　不，别佳，你真是疯了。她不会去十字路口，会直接去警察局。你得往提包里再放 10000 卢布，才能获释。不，别这么贪财。

佩秋恩　我不贪财。我也没说，这都归我一个人呀。这些够我们大家分的。你，你和她的路费。（对瓦夏说）给你五万够吗？或者十万？给你，拿了钱走吧。拿吧，拿吧。这不是做梦，这是真实的。

玛莎　（对萨夫奇克说）萨夫奇克，他没开玩笑。他真的要拿走这些钱。

佩秋恩　你们要多少就拿多少吧。然后离开这儿，十分钟后上路吧。怎么，一点都不要吗？你们觉得这点钱少，不想要零钱吗？如果不要，那就走吧。野餐结束了。

玛莎　别佳，你不是因为发傻而想把提包留给自己，而是因为按理说是不可能的。原则上，懂吗？

佩秋恩　你再说一遍……你需要 150 万吗？原则上？

玛莎　（笑了一下）这会碍着谁呢。我也没有你想的那么有钱。每周都要缠着亲爱的妈妈要冰淇淋吃。她有时给，有时不给。余钱也不会碍着萨夫奇克。当然，有人送给他一辆结实的小汽车，但也需要花钱买汽油呀。大家都想要钱。但仅有愿望是不够的。

萨夫奇克　这都是废话。我们在白白拖延时间。

佩秋恩　为什么是徒劳？你们快点走吧。什么也没看见，什么也没听见。总会有办法的。

萨夫奇克　我知道结果会怎样。这个男人迟早会被找到，不管是活的还是死的。他躺在谁的房子里，也不是秘密。片警见过我们。就是说，你们将会被详细询问，他们会得知需要的一切，包括细节。情况清楚了吗？

佩秋恩　这个狗东西！这个该死的警察为什么会出现在这儿？！

萨夫奇克　我们反正也踩了许多脏脚印了。不，不管情况怎样——全都是问题。

佩秋恩　你是聪明人。快想办法，快想呀！

玛莎　这人见过我们，但没见过提包呀。

萨夫奇克　那又怎样？

玛莎　就让他们找到他呗。我们就说，他没有任何提包。也许，他中途把包埋在森林里的某个地方了。让他们找去呗。

佩秋恩 （高兴地）怎样？！这是个办法！他身上没包，行了。重要的是要坚持我们的说法到最后。他们不能怎么着。以前警察可能动手打人，现在一切都变了。

玛莎 你怎么知道的？

佩秋恩 也许是报纸上看到的。

玛莎 但警察还没看到。

佩秋恩 不，不会有什么事的。而且萨夫奇克的爸爸是位重要人物，他们不会对他动粗的。我无论怎样都会坚持住。去他的肾脏吧。

萨夫奇克 不行。不用警察，我亲爱的爸爸就会更快让我交待真相的。总之，我不同意。

佩秋恩 你总提"爸爸"。爸爸不在你什么都决定不了，无论如何都长不大。真是个讨厌的人！

萨夫奇克 你才讨厌。他还活着，你不懂吗？我们现在把消息告诉他们，他们来了只会问他：钱在哪儿？亲爱的朋友。这个受伤的人才不会为你担心呢。

佩秋恩 反正我们就说他什么也没有。他们会信谁呢？

玛莎 别再犯傻了，别佳。他们会相信他的。

瓦夏 够了！你们很烦呢，我走了。（伸手拿自己的背包）

佩秋恩 你去哪儿？

瓦夏 到十字路口去。你不是要我去那儿吗？

佩秋恩 等一下，那钱呢？

瓦夏 我自己的钱够花。（向大门走了几步）

佩秋恩 站住，我说。

瓦夏　还有什么？

佩秋恩　我没理解你的意思。你要出卖我们，是吗？

瓦夏　不关你的事。

佩秋恩　（两步追上瓦夏并猛地把她打倒）我让你"不关我的事"。
　　　躺下吧，狗东西！

玛莎　（尖叫了一声）你发疯了，佩秋恩！你在干什么，傻瓜！

佩秋恩　（仿佛替自己辩解）既然她不拿钱，那就是说，她要去找
　　　警察。这太明显了。

瓦夏　放开我！你把我的嘴唇打破了。

佩秋恩　我现在还要把你的全部牙齿打掉。乖乖地给我安静坐着。
　　　懂吗？

瓦夏　放开我！

佩秋恩　你不懂我的意思吗？（粗鲁地用枪把抵住她的腰）

萨夫奇克　你放开她。你到底怎么回事。

佩秋恩　你明白我的意思吗？我再问一遍。

瓦夏　明白了。放开我，我哪儿也不去，也没打算出卖你们。我
　　　只是觉得害怕，我不想做这些。我最好还是走吧，就这样吧，
　　　行吗？最好就这样走了吧……

佩秋恩　结果不会就这样简单。待在这个角落里别说话。让我们
　　　想想，把你怎么办。

　　　［久久的停顿。大家互相望着，沉默着。

瓦夏　我想吃东西。

玛莎　什么？

瓦夏　我想吃东西。我很想吃烤肉，带血的肉。（擦着被打破的嘴

唇）你们答应了的……

玛莎 全是蠢货。到处都是蠢货！

萨夫奇克 （对瓦夏说）你又想倒立，是吗？

瓦夏 就这样吧，我想吃羊肉串。不管我们大家在这儿是否很快会被捕或者你们打死我，我就是饿。真是太丢人了。（哭起来）

玛莎 谁想打死你了……

佩秋恩 你想吃肉串，那就去烤吧。火盆在角落里，这是肉，已经穿好了。去烤吧，你会吗？

瓦夏 会。

佩秋恩 很好。也许，我们每人都有一份。去吧，不过要把运动鞋脱下来。

瓦夏 干什么？

佩秋恩 赤脚走路有益，而跑步不方便。脱下来，我说。

〔瓦夏顺从地脱下鞋。

如果我看见你想要翻墙的话，我就去毙了你。懂吗？

〔她默默地拿起穿好肉块的烤钎走向火盆。

都懂了吗？我不会上交这些钱的。（拿起提包，像旗帜一样摇晃，然后搭到自己背上——这样谁也够不着）

玛莎 我们懂的。这钱你谁也不给——明白。只是有一点不明白。你现在打算怎么办？如果只是拿钱走人，那你还等什么？走吧，没人拦着你。

佩秋恩 一走很快就会被追上。十分钟后你们就会通知警察局。

玛莎 为什么你总把我们想得这么坏……

佩秋恩　不是你们，是她这样子，不好。应该有个计划。想想看，萨夫奇克。

萨夫奇克　不管怎么想，这个受伤的男人反正都会妨碍我们。

佩秋恩　就是说，应该摆脱他。既然没有别的办法。

玛莎　怎么做？

佩秋恩　很简单。（拉开手枪的枪栓）他是怎么打死自己搭档的，我就怎么打死他。好了——没问题。

玛莎　你干吗……想……你简直是……你有病！

佩秋恩　但病得没他重。我至少是让凶手死，而他杀死了无辜的人。打死自己的同伴，就像揪下大衣的扣子一样无所谓。好小子。

玛莎　你们俩都一样。但你又怎么知道，他就是那个犯罪嫌疑人呢？也许是有人想把他毒打一顿，但没得逞呢？也许他是被吓跑的。

佩秋恩　嗯哼，顺便拿走钱袋，因为害怕。别对我说教。我说了要打死他就一定会打死。

萨夫奇克　没必要打死他，他自己就快死了。

佩秋恩　自己怎么死？

萨夫奇克　就这样，失血而死。他可以算是流了一天的血了。她说的——呼吸微弱。

佩秋恩　我去看看。

萨夫奇克　你站住。别在那儿留下多余的脚印。再过一小时，两小时，他自己就会死掉。

佩秋恩　（明显轻松了）那就这样吧。也许你是对的。干吗白白浪费子弹。

玛莎　你是个莽撞的人。你认为这会改变什么吗？瞧，他会死在外婆的床上，然后呢？警察会来问：奇怪的佩秋恩先生，你为什么没有一看见就立刻汇报这位丛林罪犯的情况呢。顾及什么呢？你这个废物。你怎么回答？

佩秋恩　我会说，见鬼去吧。我没见过他。我根本没进房子，我迷恋新鲜空气，在封闭的房子里觉得不舒服，非常非常不舒服。有个词怎么说来着？有个科学术语？

玛莎　这个词叫——绝境。于是他们就相信你的幽闭恐怖症了。

佩秋恩　什么？

　　　　〔玛莎只挥了一下手。

瓦夏　（在说这句话之前的两秒钟出现）盐在哪儿？

佩秋恩　（喊叫着）不知道。自己找！

　　　　〔她悄悄走了。

　　　　（对萨夫奇克说）你会怎么回答？在这种情况下，你会对警察怎么说？喂，他妈的，既然你们这么聪明……

萨夫奇克　（笑了一下）我根本就不会叫他们来，别津卡。

佩秋恩　怎么？我得和死人住在这儿吗？

玛莎　喂，不是你，是你外婆。

佩秋恩　不管怎样都不舒服。

萨夫奇克　只是如果他死了的话，估计怎么都会是这样，需要夜里把他拖到森林里更远的地方去。哪怕是两公里外，和自行车一起。让他在那儿躺着。

佩秋恩　为什么？这对我们会怎样？这能帮我们什么呢？

萨夫奇克　假定早上他被发现。有个去采洋口蘑的人发现了他，然后警察来做鉴定……只有一个结论——失血而死。因而，谁都无罪，除了他自己。案子结了。这还是明天找到他的情况。也许，他会在森林里躺上一周，或许更久。

玛莎　他们会沿着脚印到这儿来的。怎么把他拖进这森林呢？这可不是一包瓜子。而且那个片警……还会回来。

佩秋恩　他不会回来了，他今天已经完事了。我这么认为……那边板棚里有一辆大的手推车，用来送粪肥的。天黑透以后，就把他装上车运到需要的地方去。运远点儿，免得很快被发现。自行车更加不是问题。我们想个办法把脚印弄乱，好吗？

萨夫奇克　天气糟透了。我是说很快要下雨。到早上，雨会把一切都冲掉。不会有任何脚印。什么都没有，谁都不会知道什么。

佩秋恩　那提包呢？他们不会忘记的。我靠，这可不是一包尿不湿。这可是一大包票子。

萨夫奇克　当然，他们不会忘记的。他们会很努力地寻找，从幼儿园开始逐个搜寻所有的知情者。将寻遍整个森林——万一他藏在哪儿。只是这与你何干呢？让他们找呗——亲爱的国家为此给他们发工资呢。

佩秋恩　确实是，关我什么事，与我何干呢！萨夫奇克，你是天才！狗东西，好样的！就该这样！来，抱一下！嘿，狗东西！（仿佛神志不清）都是我们的！都是！（回头一看；停住了）提包在哪儿？包呢？！我放这儿了……就在这儿……

玛莎　（叫起来）哎，朋友，你见没见过这儿的提包？别佳弄丢了。

瓦夏 （手里拿着包从屋角走出来）找提包吗？钱在哪儿呢？这是包。

佩秋恩 （在包里翻着找）怎么，包是空的吗？

瓦夏 是空的。如果你愿意，我们采集点树叶放包里。夏季标本。那包就满了。

佩秋恩 （吼叫着）钱在哪儿？蠢货！

瓦夏 我烧了。劈柴太少。肉串需要用东西来烤。我真的饿了。

玛莎 你真的疯了吗？把所有的钱都用来烧火了？！

　　　　[佩秋恩急忙奔向角落。

瓦夏 我怎么疯了？你们才都是白痴。我救了你们，免得杀人。你们现在不必杀人了。已经没有意义了。现在干吗让他死呢。

萨夫奇克 你干吗要烧掉呢？最好拿钱跑了呀。

瓦夏 那你们3分钟就能追上我。

佩秋恩 （从角落里走出来，边走边扔着烧焦了的纸币残渣）都烧了！什么都没剩下。什么都没有了！

瓦夏 （穿上运动鞋）现在我自由了。你们也自由了。懂吗？现在你们可以回到过去的状态，就好像没有这些钱一样。我走了。（拿起自己的背包向大门走去）

佩秋恩 我们怎么办？

瓦夏 （返回，拿起收录机递给佩秋恩）你们玩吧，尽情地玩。现在可以了。（走向大门）

玛莎 我一点都不明白。现在怎么回事……她就这样走了吗？

萨夫奇克 而我又能做什么呢？

玛莎 没有这种事。你们不是男人，你们是某种怪物。

　　　[瓦夏走了。短暂的停顿。佩秋恩把收录机扔到地上，跳
　　起来去追她。几秒钟后有两声枪响。

玛莎　（尖叫着）他在做什么?！萨夫奇克，他在那儿干吗?！

萨夫奇克　（快速跑到屋角，仔细往那儿看）我想，他把她撂倒了。

玛莎　他刚才向她开枪了，是吗？快说呀……

萨夫奇克　我……我不知道。他在把她往板棚里拖。好像，就是
　　这样。怎么办呢？

玛莎　白痴！他马上就来杀我们了。妈呀！（抓住萨夫奇克的手）
　　我们翻墙跑吧！快呀。他马上就会回来把我们也杀掉的。

萨夫奇克　你等一下嘛。要搞清楚。他不可能随便就……

玛莎　他不是随随便便就向她开枪的。你看见他的眼睛变成什么
　　样了。他不是随便这样的，他显然是疯了。赶紧拿上零碎东
　　西跑吧。快，快，你还等什么？

　　　[佩秋恩回来了。玛莎呆住了，一动也不敢动。

佩秋恩　你说得对，我不是随便杀死她的。也不是因为我疯了。

玛莎　那是为什么，别佳？

佩秋恩　我对她说"站住！"，她还走。我对她喊"站住，混
　　蛋！"，她转过身说："你以前是个乞丐，将来也还是乞丐。"
　　我不想当乞丐！不想！

萨夫奇克　到底是为了什么??

佩秋恩　因为她剥夺了我的梦想。我不原谅她……（哭了）我谁
　　也不原谅……

萨夫奇克　那我们怎么办？

佩秋恩　不知道。我不知道怎么办。家里现在有两具尸体。

玛莎 你把她彻底？……

佩秋恩 我把她拖进板棚了。去看看吧，也许还有气。

玛莎 你是个怪物，别津卡……你是个魔鬼……混蛋。你都干了
什么蠢事，坏蛋！

佩秋恩 （擦着眼睛）住嘴，别喊了。

萨夫奇克 我们怎么办？佩秋恩。

佩秋恩 鬼才知道。我反正就这样了，我情愿坐牢。给那个警察
爷们儿打电话吧。让他们来把我抓走吧。（又哭了）为什么我
总是遇到这种事？为什么我总这么不走运？狗东西！我恨所
有人。

玛莎 别佳，别津卡，亲爱的！你不会杀我们吧？请别这样，我
求你。我们是朋友呀。

佩秋恩 朋友。（冷笑了一下）你们是我的什么朋友……

玛莎 别佳，我们从小就……

佩秋恩 别怕，我不会杀你的。为自己和那个小伙子活着吧，我
是说为我活着。

萨夫奇克 你别急着寻短见呀。

佩秋恩 什么意思？现在还拖什么，快去报告吧。也许，能救房
子里的那个怪物也好。那我们这儿就只有一个人被杀。

萨夫奇克 什么叫——我们？是你杀了她……

佩秋恩 是我。当然是我杀的。那是谁怂恿我做这件事的？不是
你在这儿考虑，最好把死人拖到森林里去的吗？

萨夫奇克 我纯粹是理论上的。

佩秋恩 你算了吧。你如果不想参与这事，早就已经不玩了，会

和玛什卡一起消失。你干吗骗了我两个小时？大概也想用不劳而获的钱使自己的衣袋鼓起来吧。你想拿钱——但警察见过你。我们还一起对他隐瞒了自行车的事。

萨夫奇克　你是认真的吗？佩秋恩。你想把我和玛什卡也扯进来吗？

佩秋恩　那你们怎么想呢？怎么，我就该一个人为你们拼命吗？你在夜总会玩而我蹲监狱吗？不，我更高兴和你做伴。我就这样一辈子为你们做丢面子的事，我想分一杯羹。

玛莎　但你逼迫了我们，佩秋恩，被枪指着就会同意一切。

佩秋恩　（突然笑了起来）你担心什么呢？你的责任小，你就像案情的受害者。但他不是，他是和我一样的人。

玛莎　别琪，你还是别发神经了……你懂的。

佩秋恩　什么？我应该懂什么？

玛莎　得啦，萨夫奇克会有好的律师，如果他还是得请律师的话。

佩秋恩　那就看吧。我继父说过，虽不至于打架，但哪怕尽全力闹一阵呢。

萨夫奇克　我想，我们不需要找律师。

佩秋恩　这是为什么？以为会完全干净利落地脱身吗？不行的，我告诉你。

萨夫奇克　我不是说这个。

佩秋恩　那是什么？

萨夫奇克　我考虑过……有什么东西真的改变了吗？一具尸体还是两具尸体——有什么区别？反正这儿谁也没见过。

佩秋恩　你想说什么？把两具尸体都拖到森林里吗？

萨夫奇克　只是要等到天黑。然后隐藏起来，以防古辛突然回来。

收拾这儿所有需要的东西，暂时藏起来。

玛莎 （歇斯底里地）我不想这样！我再也不想待在这儿了！离开
这儿……放我走吧！

萨夫奇克 你知道，谁也不会找她的。没有父母，没有亲戚。大
家也都知道房子里这个男人的情况。没人会知道什么。

佩秋恩 那如果还是知道了呢？谁能保证？

萨夫奇克 谁也保证不了，但可以试一下呀。干吗立刻就逃跑。
你知道的，在任何情况下你都有罪，得花很多时间来证明自
己无罪。

佩秋恩 如果还是这种结果，你又要指望你老爸吗？

萨夫奇克 这样可能会判老爸有罪。

佩秋恩 那就假定这样，好吧。让我们等到天黑。

玛莎 去你们的！怎么，我要和你们一起拖着尸体在森林里
走吗?!

萨夫奇克 别琪，你就一个人处理这些事吧，行吗？你瞧，玛什
卡发火了。

佩秋恩 又是我一个人？不，这样不行，小子。

萨夫奇克 别琪，我付钱给你。按标准付钱。

佩秋恩 按标准是多少？

萨夫奇克 那你想要多少？

佩秋恩 我要很多。

萨夫奇克 我明天就给你 2000 美元……

佩秋恩 2000 美元。你们马上就可以去玩，而我一个人在这儿和
死人一起……2000。坐牢还更好些。

萨夫奇克　那好吧，3000。

佩秋恩　我们是在菜市场吗？我不会为你那没用的 3000 美元独自承担一切，你现在还不明白吗？我不怕走一趟劳改营——早晚得碰上事。

萨夫奇克　那要多少？

佩秋恩　10 倍，30000 美元。当然，这不是 300 万，但够吃肉包子了。我喜欢肉包。

玛莎　你是傻子吗？他从哪儿拿这么多钱给你？

佩秋恩　怎么，律师拿得更少吗？你把车卖了，这样还能剩点儿。

萨夫奇克　这车是别人送的礼物。佩秋恩，你懂的，我不是那么容易就能随便把车卖了的。不知道得怎么向老爸解释这一切。

佩秋恩　那你最好跟谁解释，老爸还是侦查员？你自己选。

玛莎　（小声地）你就给他吧，萨夫奇克。亲爱的，让我们快点离开这儿。喂，给吧！

萨夫奇克　我们马上就走。（对佩秋恩说）好吧，我给你。不是马上，两周后会给你的。

佩秋恩　一周后。无论如何就一周。如果我被抓了，我也会告诉你给谁。

萨夫奇克　好。那么就……简单说吧，我和玛什卡什么坏事也没做。我们没在这儿。我们走了以后，与这儿和受伤男子、这个被打死的丫头有关的一切才发生的。我们一小时前就走了。明白我说的吗？

佩秋恩　衣袋里有很多钱就是好，可以和人们商定所有的事情。好吧，我同意。只是我对你们有个请求。

玛莎　还有什么？

佩秋恩　口说无凭……你给我写个字据，一周后还债。

萨夫奇克　当真吗？

佩秋恩　萨韦利，这哪是玩笑？你是个好孩子，我不怀疑。但现在似乎是要命的时期，你不懂怎么对付别人。谁都不能信，什么都不能信。我不是具体指你，但是……快写，简单点，签名。我和你就都安心了。你有个便条本，和驾照放一块儿的。

萨夫奇克　你算了吧，佩秋恩。我说过了……

玛莎　写吧，萨夫奇克，写吧，就让我们快点走吧。

萨夫奇克　（顺从地拿出便条本）写什么？

佩秋恩　这样写。我是谁谁，应该给谁谁 30000 美元……（停顿）为藏匿人尸提供服务。

萨夫奇克　见鬼，藏什么尸体？

佩秋恩　要把尸体指给你看吗？好吧，主要是数字别写错。别忘了日期和签字。

萨夫奇克　（递上字条）行了吗？

佩秋恩　（仔细读着）字迹漂亮。（对玛莎说）你也签名。

玛莎　我干吗要写？去你的吧！我与此事没一点关系。

佩秋恩　好吧，这样也行。反正契据可靠。如果我有什么不测，我朋友会按票据收钱。

萨夫奇克　那你如何保证呢？

佩秋恩　什么意思？

萨夫奇克　就是谁也不说。

佩秋恩　我不知道。我不会说的，就这样。我为什么要这样？谁也不白做什么。你想让我也写张字据吗？我可以用血写，用我自己的血。

玛莎　行了，行了！走吧！

佩秋恩　你们真的走吧。你别怕，萨韦利。我没理由陷害你。你是我的大恩人。因团体谋杀而被判的监禁时间很长。别怕，走吧。怎么，还要等肉串烤熟吗？要不该鲜肉成堆了。

玛莎　你这个坏透了的东西！（跑了）

萨夫奇克　（在玛莎后面倒着走向院子的出口）别琪，你就小心点在这儿待着吧。

佩秋恩　（喊着）快走吧。没你就完蛋了。走，走！我恨哪，狗东西！恨哪！我恨你！

〔萨夫奇克匆匆离去。

〔佩秋恩在院子里走来走去，坐立不安。后来给自己倒了一杯伏特加，好像才平静下来。喝完后，他把杯子扔到地上，杯子当的一声碎掉了。

尾 声

萨夫奇克和玛莎坐在小花园的长椅上。

玛莎　据说，如果久久地打量，那么在每个讨厌的废物中都可以看出良好的东西。

萨夫奇克　结果是这样吗？

玛莎　假定这样呗，我这周瘦了 3 公斤。阿尼卡都嫉妒了。

萨夫奇克　我也瘦了。为了合约中规定的数目。（从衣袋里拿出字据）

玛莎　啊……你是专门叫我来这儿的吗？为了撕掉它吗？

萨夫奇克　总而言之，是的。为了烧掉它。

玛莎　你认为，纸条消失了，和它有关的其他事情也就都没了，是吗？

萨夫奇克　就算是一张纸条，但它很讨厌。（点燃打火机）

玛莎　怎么对父母说的？关于小汽车的事。

萨夫奇克　我说，弄坏了。还碰伤一个人——不得不付医疗费。唉，不知怎的就这样了。

玛莎　他们信了吗？

萨夫奇克　不知道。也许信，也许不信。多半不相信。怎么，他们还会拷问我吗？终究是我的车呀。好啦，见它的鬼去，一件铁器而已。

玛莎　（捡起被烧掉的纸的灰烬，用手指碾碎它）怎样，轻松
　　了吗？

萨夫奇克　但还是……不明白。

玛莎　好啦，忘了吧，忘记一切。对了，佩秋恩已经出城了，现
　　在你很久都不会见到他了。也许，总之……你就忘了吧。

萨夫奇克　但问题不是佩秋恩，当然也与他有关。我总在想那个
　　丫头。她叫什么来着？

玛莎　你别撒谎说你忘了。

萨夫奇克　叫瓦西里萨。我没忘，但我有种感觉，她好像完全没
　　有存在过。她有点不真实。

玛莎　那么？

萨夫奇克　她不知怎么突然跳出来的，一个疯画家的女儿。这是
　　反常的，把钱当手纸烧。你会烧掉整整一提包钱吗？不可能
　　有这种事，玛什。

玛莎　那两具尸体呢？也没有过吗？

萨夫奇克　你见过这些尸体吗？我们连房子都没进去。也许那儿
　　躺着一个抹番茄酱的酒鬼呢。

玛莎　那她呢？

萨夫奇克　也没有谁安葬过她呀。这些钱……也许，那儿也没有
　　钱。是打印机印的假币——烧吧，不可惜。

玛莎　你想说什么……我和你都被算计了吗？

萨夫奇克　不排除。完全可能是这样。

玛莎　等等，那个片警呢？他戴的制服帽确实是真的。

萨夫奇克 帽子是真的，但他的脸像刑事犯。别佳的朋友中常有这种人。主要是谁也没再听见过有关这个抢劫案的事。我专门查了所有的报纸和网站，没有类似的情况。

玛莎 他解释过了。好像是自己内讧，私下的，不提供给媒体。我们这儿不是莫斯科，相互什么都知道。

萨夫奇克 不管怎样也应当暴露出点什么。

玛莎 当时你干吗要给佩秋恩写借据呢？

萨夫奇克 太忙了。当时还什么都不明白。我以为一切都是真的。

玛莎 简单说，你是太害怕了。

萨夫奇克 看来是这样。

玛莎 那为什么还给他钱？你又不是今天才猜出一切。

萨夫奇克 猜到了，那又怎样？现在什么也证明不了。借据就是凭证。

玛莎 什么凭证啊……

萨夫奇克 可以因这张凭证而打死我，你懂吗？！

玛莎 就是说，你又害怕了。

萨夫奇克 怎么，你很勇敢吗？你在把自己装成卓娅·科斯莫杰米扬斯卡娅[①]吗？

玛莎 不，我同意。我当时很紧张。只是我不相信，佩秋恩能想出这种事来。你是知道他的。

萨夫奇克 我以前以为很了解佩秋恩。但这不是佩秋恩想出来的。

玛莎 那是谁？

---

① 卓娅·科斯莫杰米扬斯卡娅（1923—1941），苏联英雄。第二次世界大战中，卓娅潜入敌后焚烧德军马厩，被捕后宁死不屈。

萨夫奇克 那个丫头。我简直确信，是她安排的一切……只有鬼才想得出来这个。

玛莎 是你说她不真实的。仿佛她没存在过。

萨夫奇克 存在过，只是这怎么说呢……带反号的。你知道吗，当你给任何一个数加上负号时……

玛莎 你喜欢研究数学，也许你是对的。也许，这一切确实不曾存在过。这样最好。否则我，你知道吗，也没法睡觉了。（停顿之后）但万一这还是真的呢。也许，她的确是画家的女儿呢？而我们为自己辩白是为了感觉轻松些。

萨夫奇克 不可能！没这样的人！没有，懂吗？一句话，我不相信这些故事。你也别信。否则还会像傻瓜一样被算计。（停顿）但你还是谁也别说。没什么要紧的。

玛莎 当然。我们都忘记了。走吧，坐这儿干吗。今天很冷。

萨夫奇克 走吧。确实是坏天气，不宜散步。

——幕落

遴 选

两幕喜剧

亚历山大·加林 著

阳知涵 译

作者简介

　　亚历山大·米哈伊洛维奇·加林（Александр Михайлович Галин，1947—　），真名为布列尔（Пурер）。俄罗斯剧作家、电影编剧、戏剧和电影导演。出生于罗斯托夫地区。中学时代就热爱阅读，表现出了叙事与想象的天赋。

译者简介

　　阳知涵，四川外国语大学助教。译著有《俄罗斯汉学的基本方向及其问题》（合译）。

人 物

尼涅莉·卡尔纳乌霍娃。

娃尔瓦拉·沃尔科娃。

卡佳·沃尔科娃。

丽莎·沃尔科娃。

塔玛拉·博克。

奥莉加·普霍娃。

阿利别尔特。

青木铁仁。

鲍里斯·卡尔纳乌霍夫。

瓦西里·博克。

维克多·普霍夫。

第一幕

　　修建于苏联时期的大型电影院"宇宙"，现在已破败不堪。屏风后面杂乱无章地摆放着一些破旧的椅子，从那些椅子中间传来一个男人的声音，伴随着麦克风的嗡嗡杂音，一个字也听不清楚。尼涅莉·卡尔纳乌霍娃走了进来，穿着一件黑色紧身针织衫，因激动而脸色惨白。卡佳和丽莎跟在她的后面，或是因为寒冷，或是因为紧张，姑娘们瑟瑟发抖。塔玛拉·博克紧跟奥莉加·普霍娃走了进来，四下环顾着。最后出现的是阿利别尔特。

阿利别尔特　（急匆匆地）我求您了……就在这儿……在旁边儿等一等吧……求您了。我现在就向您解释一切……（离开）

塔玛拉　他跟你说什么了？

卡佳　他承诺，会向我解释的……

　　〔沉默。

塔玛拉　（焦急地转来转去，走向奥莉加）看到了吗，那儿摆的是称吗，他们要称我们的体重吗？

奥莉加　他们会的。

塔玛拉　为什么要称体重啊？（停顿）你知道他们更倾向于要什

么重量级别的吗?

奥莉加　我这样的。

　　　　　〔塔玛拉看着奥莉加。

　　　　　你在看什么呢?

塔玛拉　别怕——我不会用毒眼看坏 [①] 你的……

奥莉加　谁知道呢。

塔玛拉　你说什么呢?

奥莉加　没什么。你走开。

塔玛拉　(向卡佳说)看到了吗,他们给日本人摆了加热器?!

卡佳　看见了。

尼娜 [②]　他们当然也可以给女人们待的房间加加温。

卡佳　也应当给我们放些加热器。

丽莎　而且我们还赤身裸体地在这儿等了一个小时了。

卡佳　他们给我们创造的条件啊……本国特产的,就是冷得骨头打颤!

丽莎　我们身上长的可是肉啊,不是火腿!

塔玛拉　像赶一群羊一样把我们赶到电影院来……还什么也不说。

　　　　没有一个人来跟我们好好解释解释。

丽莎　有人知道为什么他们要在"宇宙"考核我们吗?

卡佳　我们要被送上宇宙轨道,而且是不穿航天服的。

尼娜　日本人还去了"胜利"电影院,但是那个电影院刚刚被改

---

①　用毒眼看坏,用毒眼看而使人发生不幸(旧时迷信用语)。
②　"尼娜"是"尼涅莉"的小称。

造成家具展览厅。画廊里正举办"世界民族啤酒"展览。在启蒙宫殿人们跟他们说：不会支持奴隶贸易。在这种情况下，确切地说应该是女奴隶贸易……

卡佳 这么说来，我们是女奴隶？

丽莎 我们比其他人都更自由！

尼娜 自从宣布了这个比赛，库尔斯克就疯了。你们看到电影院门口的人群了吗？我就像在军队受罚一样，在推搡的人群中承受着各种各样的击打前行 ①。我都觉得有点难堪了……

塔玛拉 为什么要难堪啊？

尼娜 您打断我了。

塔玛拉 那到底是为什么不好意思？

卡佳 和村妇们站在一块儿——这让人很不好意思！

尼娜 为什么会有这样的想法？

塔玛拉 我也是从那群人中间穿过来的——但是我并不觉得羞愧！

卡佳 而且恰恰相反！

丽莎 没错！

塔玛拉 如果你觉得不好意思，那就请从这里离开！

尼娜 我知道，您一点儿不会觉得羞愧。我明白！

塔玛拉 没跟您说话的时候别插嘴！

尼娜 请您把注意力放在其他事情上……

卡佳 哪怕那些恶妇人们再年轻一丁点儿，她们都会站在这里的。

塔玛拉 据说那些日本人会像狗一样离开地球！而且听说我们的

---

① 从列队中穿过，古代的一种刑罚，罪犯从两列士兵中间穿过，两边的士兵用棍棒击打罪犯。

姑娘们要学会进食的时候四肢着地，从地上一粒一粒把米拾起来……

尼娜　日本——一个不可思议的国家。是个奇迹之国！在那里可以早早起床，在凉飕飕的肩上搭上一件轻薄的和服，成为世界上第一个迎接日出的人。日出之国的文化是如此有趣而特别。这是一个孩子和鲜花的国度。那里的人们，不论老少，都痴迷于花道艺术……人们不仅仅是喜爱花道艺术，在这里，花道艺术统治了整个国家……

　　〔沉默。

丽莎　她这是说什么呢？

卡佳　又开始老生常谈了……

丽莎　他们为什么不在莫斯科举行这个比赛？

卡佳　莫斯科人在巴黎都是用桶往头上倒"香奈儿"的。

塔玛拉　首都已经被扫荡了？该去其他地方了？

卡佳　文明的浪潮已经到来了。

丽莎　是的，到来了……

尼娜　浪潮？我看我们城市是被海啸侵袭了吧……

塔玛拉　我从她那儿学了多少新词汇！我们这儿是被什么侵袭了？

尼娜　日本海岸遭受到太平洋巨大海浪、海啸的冲击。海啸给这个神奇国度的农业造成了大规模的损失，受影响范围远远小于我们州的面积。

　　〔沉默。

卡佳　那些日本人到底在找什么？嗯……他们想挑什么样的姑娘？

尼娜　你想知道的是，他们想要哪种类型的女人吧？

塔玛拉 女人的类型？她这是什么意思？

奥莉加 她的意思是外形体格。

塔玛拉 体格……是什么？

丽莎 就是躯干。

塔玛拉 头呢？

丽莎 他们不需要头。在东方没人看脸——戴着面纱呢……

卡佳 在近东才戴面纱。我们是要去远东……

丽莎 在远东只用扇子遮一遮……

尼娜 日本人对待女性极其关照，举止得体有分寸。日本是一个女性文化占主导的国家！

丽莎 您是从哪儿知道这些的？

尼娜 我很认真地为这次比赛作了准备。我读了很多关于这个伟大民族的生活和传统的资料。

塔玛拉 但是关于这个民族的事情，我听说，如果男人在家，女人是绝对不可以进屋的。女人像狗一样睡在大街上，躺在草席上。（对奥莉加说）还得穿着泳衣出门，我说的对吗？

奥莉加 对……

尼娜 为此我准备了黑色紧身针织衣，薄的紧身鹿皮裤和长袖衬衣。我觉得这些应该足够了吧？

塔玛拉 她在问谁？

奥莉加 对我来说足够了。对日本人来说够不够——这我就不知道了。我觉得他们什么都要看。

尼娜 （惊讶）什么都要看？您这是什么意思？

奥莉加 我就不明白了……您是为什么要来这儿？每时每刻您都

觉得羞愧难堪，你连路都走不稳了！

尼娜 您做好准备了吗？

奥莉加 做好准备的应当是日本人！

尼娜 不，我的朋友们，我已经决定了：只穿紧领的针织衫去。

卡佳 他们不会跟你多费口舌的。你要是没准备好，下一个就上台了。看到了吗，那儿聚集了多少参加遴选的人！

塔玛拉 那些姑娘就像是疯了一样！

尼娜 不穿外衣呈现在陌生男人面前我还做不到。

〔沉默。

塔玛拉 （对奥莉加说）"呈现"！……你的用词……让我感觉像触电了一样！呈现……

奥莉加 （对尼娜说）怎么，您是把熟人带过来了，是吗？

尼娜 我决定把我那完美的丈夫带去。

〔沉默。

塔玛拉 你是在开丈夫的玩笑吗？

尼娜 他至今都以为我在开玩笑。

塔玛拉 您丈夫知道您在这儿吗？

尼娜 当然。

塔玛拉 他怎么会同意您来这儿的？

尼娜 我来这儿还多亏了他！

塔玛拉 我跟我家那位说的是：到莫斯科来找表妹……好像是拿靴子还是什么的。我有个妹妹在批发市场工作。我说：我要跟她买双靴子——我们这儿卖的要贵两倍。然后摆摆手，带上我所有的钱，来这里从头到脚换了个造型！

丽莎　那你以前什么样？

塔玛拉　以前像山核桃一样……还发着褐红色的光。

丽莎　那现在呢？

塔玛拉　造型师说：新造型的名字是"蒲公英"。

卡佳　不知道你这"蒲公英"的钱花得到底值不值啊？

丽莎　丈夫叫什么名字？

塔玛拉　他叫瓦西里……

丽莎　那你就说，瓦夏①，在莫斯科没找到我尺码的靴子，所以我决定……去花道之国买。

卡佳　现在在莫斯科什么买不到。

丽莎　可我们没在那儿！

卡佳　但这是不对的，是吗，伊丽莎白？

　　　　〔阿利别尔特和娃尔瓦拉·沃尔科娃出现，娃尔瓦拉·沃尔科娃穿着旧旧脏脏的大衣，戴着一顶针织帽。她飞快穿过破烂的扶手椅堆。

阿利别尔特　谁让您到这儿来的？

沃尔科娃　长官，请稍等！

阿利别尔特　你到底想找我干什么？我已经全部都给您说了！

沃尔科娃　我不记得了！

阿利别尔特　所有的问题都不该来问我 —— 该问上帝去！如果上帝不眷顾您，那就找他说理去！他们不需要奇物博物馆……对恐怖博物馆也不感兴趣！

沃尔科娃　你听到我说了吗，长官？！

---

①　瓦西里的小称。

阿利别尔特 不要跟我说！所有事情都去找上边儿的，去问老天，问上帝去！

沃尔科娃 等等，我现在就找你。等一等！

奥莉加 （对沃尔科娃说）噢，老天！你注意点儿！

塔玛拉 你这是要跑哪儿去？

沃尔科娃 电影院门上面写着的：欢迎姑娘们。我难道是个男的吗？长官！你帮我跟他们说说！

阿利别尔特 说什么？您看看您自己！

沃尔科娃 我会看的，我一定会看的。我在大厅看到了镜子，但周围人山人海，挤来挤去！姑娘们蛮横无理，胳膊肘抵着胳膊肘，互相推搡着！谁也不能接近那些日本人，什么也都不能问。周围全是那些彪形大汉！（对其他人说）警察也来了。我就一直在等：我们自己人什么时候才能出现？！我想，雄鹰们会来保护你们免遭日本侵略者的伤害，就像在哈勒欣河上一样！而那些人，看来就是被雇佣来驱赶电影院门口的婆娘们的！婆娘们喊着：我们的一切都更好，我们的一切都是真实的！我们的汉子们喊：更好个屁！你们这些婊子们，打算去哪儿呢？（对阿利别尔特说）去哪儿？

阿利别尔特 不要跟我说。不该找我！

沃尔科娃 别总说那一套：别找你，不该找你！（对卡佳和丽莎说）姑娘们，你们还没上台吗？

卡佳 （小声地）走开！

丽莎 （同样小声地）快滚！

沃尔科娃 丽兹卡①，你怎么这么和我说话？

阿利别尔特 请原谅！请让这个女人安静下来吧！

沃尔科娃 （对尼娜说）那么那些日本人呢，给我们提供什么？

尼娜 我就和您一样，什么也不知道。

　　　　［沉默。

沃尔科娃 （对阿利别尔特说）听着，你是和日本人一起工作的——你去问问，他们要把姑娘们挑去哪里！从谈话中我还是不得而知。没有人清楚到底怎么回事！城里人们说的大概是："哈喽，我们在寻找天才"这样一句口号！

尼娜 报纸上说：日本知名公司提供顶级夜间秀场优质工作机会！上边还写着：诚邀具备艺术特长的优秀女性。舞蹈和声乐特长优先。

塔玛拉 我是带着手风琴来的！

沃尔科娃 好像日本人在组建一个乐团……巡回演出的？（对阿利别尔特说）我这么理解对吗？

阿利别尔特 姑娘们是选去新加坡工作的。

尼娜 去新加坡？不是日本？

沃尔科娃 女士，您是想去日本？您不喜欢新加坡？！

尼娜 您确定吗？

阿利别尔特 所有通过遴选的，都要去新加坡！

尼娜 怎么是去新加坡？

阿利别尔特 就是这样！去新加坡。就有这么一个国家：在那儿大家又唱又跳。

―――――――――
① 丽莎的小称。

卡佳 挺好的，丽扎韦塔①。新加坡多棒啊！这挺好的！

沃尔科娃 新加坡在哪儿？

塔玛拉 老天，别再用新加坡烦人了！

沃尔科娃 我连问问都不许吗？长官，新加坡在非洲吗？

阿利别尔特 新加坡在亚洲。

沃尔科娃 新加坡人——那就是亚洲人？！他们是亚洲人？

阿利别尔特 对，亚洲人，"长着双贪婪的丹凤眼"！

沃尔科娃 丽莎！卡佳！你们去那儿干吗？我们这儿的鞑靼人也是亚洲人。布里亚特人……那些北边的养鹿人，他们有些什么古怪的风俗我是知道的。我不止一次在清晨的时候碰到过他们！

阿利别尔特 您还让我说话吗？

沃尔科娃 卡尔梅克人几乎近在咫尺……

塔玛拉 （对沃尔科娃说）安静！

沃尔科娃 在城里大家都说是哈萨克人在"模仿"日本浪人。

卡佳 他们是真的日本人吗？

阿利别尔特 关于这件事情你们去问问消费者吧。

尼娜 什么消费者？

阿利别尔特 雇主们……

　　　　〔沉默。

尼娜 我真的很想知道我们要面对的到底是什么……

　　　　〔沉默。

阿利别尔特 你们要面对什么？你们要面对全球气候变暖，南极洲

---

① 丽莎的小称。

冰川融化……还有周而复始的洪灾……

　　［沉默。

尼娜　年轻人，看来除了大洪水您没别的事情可担心了，是吗？

丽莎　是啊，他这是在用脚践踏我们，恨不得踩进地里的裂缝……

卡佳　很快我们就会从缝子里被抠出来！很快！

阿利别尔特　安——静——！（对所有人）你们对于他们的提议有所回应，他们为此表示感激。他们很感谢你们，请求我代表他们与你们告别。

塔玛拉　他这是跟谁说呢？

阿利别尔特　你们，也包括您！下次您会更幸运。（困难地）没有通过遴选的——之后可以观看电影……免费的。

塔玛拉　谁没有通过？

阿利别尔特　您。

尼娜　我不太明白，不好意思……

阿利别尔特　他们，我的意思是那些日本人，让我向所有他们不打算考核的人转达……总之，去领自己的护照，穿上衣服……愿意回家的回家，想看电影的就免费看电影。（对所有人说）他们说，已婚的女人可以回到自己丈夫身边去了。

　　［沉默。

塔玛拉　回家是什么意思？

奥莉加　请等一等。安静！我们不能去参加遴选吗？什么意思，已经被淘汰了吗？

阿利别尔特　对，可以这么说。他们不想让你们担心，希望你们能免于那些不必要的压力……因为你们通过的机会几乎为零……他们看过了你们的护照……

奥莉加 看都没看我们一眼，我们就被淘汰了？

　　　　〔沉默。

卡佳 难道我们太丑了？

丽莎 等等！

沃尔科娃 （指着卡佳和丽莎）她们难道是已婚妇女？那她们的丈夫是谁？

奥莉加 好吧！告诉你们，我现在是已婚，明天我就离婚！

阿利别尔特 我只是转达他们的意思：对不起，他们不需要中年的……已婚的、有孩子的、有外部生理缺陷的女性，比如说，拄拐杖的……

尼娜 这里谁拄拐杖了？

阿利别尔特 我再说一遍：只有未婚的……漂亮的可以参加遴选，我觉得我说得够清楚了——日本人跟我说了两次：只有年轻的姑娘可以参加……

　　　　〔沉默。

奥莉加 不好意思！我还没满三十，也许还早着呢。

　　　　〔沉默。

塔玛拉 电影是怎么回事，我一点儿没明白……

丽莎 我也是。

塔玛拉 给谁看电影？给我们看？

卡佳 对，给我们！

塔玛拉 他们是在戏弄我们吗？难道我们就不是人，就要遭受不公平的待遇？我们是跑这儿来看电影了？！

卡佳 大冷天的我们赤身裸体在这儿等三个小时就是为了看他们的电影吗?!

尼娜 等等!（对阿利别尔特说）您是不是没收到我的表格?

阿利别尔特 我再说一遍：你们不能去参加遴选是因为，他们要求的是年轻漂亮的姑娘。年轻的!

尼娜 我觉得我还没那么老……

阿利别尔特 那您就是已婚……要么是有孩子……

尼娜 我没有孩子!

塔玛拉 女士，您到底多少岁?

尼娜 什么意思? 这是什么问题?!

塔玛拉 不! 真实岁数……我就是好奇!

尼娜 反正还没到我的仇人和女朋友们希望的那个岁数!

阿利别尔特 （对丽莎说）而且，像您这样……年轻的姑娘是必须带上自己的护照的。他们说：没有护照是不行的……有可能您还没有成年……

卡佳 我们成年了。

塔玛拉 那跟我丈夫有什么关系? 如果我有个好丈夫，我到这儿来干什么呢?!

尼娜 别喊了! 别喊了! 停下来! ……

奥莉加 明明是您在大喊大叫!

尼娜 这样是没办法交流的! 我们真的已经被淘汰了吗?! 这是真的吗? 没人要考核我们了吗?

阿利别尔特 对，没人!

卡佳 他们用免费电影来补偿了!

沃尔科娃 这简直是武士道酷刑！

阿利别尔特 我深表同情。您不走运。回家吧——让你们的丈夫
　　高兴高兴。行了！如果我冒犯了谁或者有说的不对的——请
　　原谅我……

尼娜 （对阿利别尔特说）我真是不敢相信！我们响应号召，来参
　　加一个公平、公正的比赛：在这项比赛中只有拥有美貌和才
　　干的人能够胜出。你们说，你们需要有才能的优秀女性！

阿利别尔特 在来到你们库尔斯克之前，我们还去了图拉，去了
　　奥廖尔——一切都很正常。在库尔斯克，只要想来的都来。
　　连乡下的民俗合唱团都来了！

尼娜 你们说：声乐才艺优先！

阿利别尔特 好了好了，请回家吧，不要影响其他人。

卡佳 他是在跟我们说吗？

阿利别尔特 我再说一遍：请回家吧——不要影响其他人。因为
　　你们我们没办法展开工作了！

奥莉加 在日本人考核我之前，我哪儿也不去！

阿利别尔特 我再说一遍：对你们我表示同情……

奥莉加 如果他们不能一视同仁地像考核其他人一样考核我，我
　　就光着身子坐在这里，直到冻死！

阿利别尔特 您想怎样就怎样——穿着衣服，或者，如果您喜欢
　　不穿衣服，那就不穿。我们就当是您搞错了季节……

塔玛拉 因为我们的事你怕是要坐牢吧！

阿利别尔特 请回吧，不要再影响其他人了。

尼娜 您怎么称呼？

阿利别尔特　我叫阿利别尔特！这跟我有什么关系？我只是翻译他们跟你们说的话而已。

奥莉加　去转告他们：我们要求日本人过来见我们！我们跟别人一样是付了钱的。

塔玛拉　他们凭什么收我的钱，就翻翻我的护照？！

尼娜　为什么这个世界上总是没有灵魂和良心的人说了算？！为什么？为什么？！

奥莉加　（对尼娜说）您消停一下！

卡佳　我们也是东拼西凑的——我们也没钱了！

阿利别尔特　我的确很同情你们。

奥莉加　跟日本人说……告诉他们：我们应当参加遴选！我们哪儿也不去！我们就要给你们点颜色看看！……这么冷的天还不穿衣服我们会冻死的！

　　　［阿利别尔特离开。

丽莎　没错！

塔玛拉　我没有出路……我也没有退路！

沃尔科娃　他们强迫我们去看电影！你们怎么得罪他们了？

塔玛拉　听着，你还是走吧！就是受到像你这样的人影响，对我们的态度就变成了这样：其他人的录取线已经低至零分！谁会录取你这样的？！

沃尔科娃　你是蠢货吗？这跟我有什么关系？

尼娜　（对塔玛拉说）您怎么可以这样？！知道为什么他们不录取你吗？因为您太粗鲁了！

沃尔科娃　别这样，女人！我没有生气！

尼娜 （对沃尔科娃说）您散发着……—种非常好的气质……

沃尔科娃 散发着什么？

尼娜 您的磁场……我感觉到了。我在您的能量磁场中升温。

沃尔科娃 那请继续吧……日本艺伎们，我到底有什么气场?! 我有瓶和兰芹清酒。你们必须在斗争中维护自己衰弱的女性机体。我这儿杯子是有的。我有这么个绰号：瓦莉卡 - 拉兹利夫（酒瓶子瓦莉卡）。第二货运站的都认识我。因为我这个车站又被叫作"装瓶站"，和瓦洛佳爷爷是一样的①。……只是我不住在窝棚里，我住在司炉旁的锅炉房里。价格嘛：愿意要的，一百克。比商店里是贵了些，但是东西好啊，分装的! ……瓶子很干净。姑娘们，暖暖身子吧!

卡佳 （对丽莎说）知道了，她来这儿是干什么来了?

奥莉加 （把钱递给沃尔科娃）拿着——给所有人都倒上! 喝吧，我请客!

沃尔科娃 我没有零钱找你……

奥莉加 零钱你自己留着吧。给大家都满上。干了吧，不然我们真的要冻死了。

沃尔科娃 您最好还是把衣服穿上……

奥莉加 不! 穿上的话日本人就不来了!

卡佳 给我倒点儿。

丽莎 我也要。

沃尔科娃 是不是该客气点儿?!

---

① 拉兹利夫又是地名（因为这个词也是"装瓶"和"春汛"的意思），那是列宁躲避政府的地方，"瓦洛佳爷爷"指列宁。

卡佳 给我倒酒！快着点儿！

沃尔科娃 别催我，马都没套上赶什么马！心急吃不了热豆腐！

尼娜 我可能也需要来一口……缓解压力……

　　　　［女人们喝了酒。

沃尔科娃 一口气也别换，紧接着来第二杯，第二杯……

奥莉加 我喝的是什么鬼东西啊？

沃尔科娃 您立马就会觉得特别舒服，也不会有什么新加坡了！
（对尼娜说）你说，"气场"——到底是什么啊？

尼娜 对日本男人来说最重要的，就是女人的气场。并非女人本
身，而是围绕在她周围的。

沃尔科娃 周围？

尼娜 对，围绕周围的。辛朝的诗人，中菰野天皇 [①] 认为，女人的
气场就像她们头顶闪耀的光环。如果非常仔细地去观察，每
个男人都能看到女人的光环。

沃尔科娃 那就是说，如果一个男人特别认真仔细地看我，他就
能看到点啥？……

尼娜 银色的光环……

沃尔科娃 光环？

尼娜 是的！

沃尔科娃 那么，姑娘们！要让日本鬼子们仔细看看我们吗？！你
们的杯子呢？（倒满酒杯）这还有些面包——吃吧。

尼娜 （哭泣）没有人会看我了……在那里也不会，这里也不会
有。应该告诉自己了……该说了……他们是对的：我的黄金

---

　　① 作者编造了日本朝代和天皇名字。

时代已经逝去了……逝去了……

沃尔科娃 别难过啊，女人，别这样！您这是干什么？当然了，每个女人都认为自己是最年轻，最美丽的。比如说您，就不比在座的任何一位差！

塔玛拉 你这是在说谁？

沃尔科娃 说的就是你！那些日本女人在新加坡都被吓得发抖，你还去那里干吗！

塔玛拉 我现在就给你一耳光，打得你找不着北！

卡佳 你别闹了，行吗?!

塔玛拉 什么？

丽莎 就是你听到的那样！

奥莉加 姑娘们，别吵了！我们应当团结起来。

　　［阿利别尔特出现了。旁边是一个个子不大的、笑嘻嘻的日本人。边鞠躬，边对阿利别尔特说着什么。

沃尔科娃 （害怕地）把杯子藏起来！把杯子拿来！杯子……拿来！……

阿利别尔特 （翻译）发生什么了？他问：发生什么事了？我会翻译的——说吧！（停顿）说说，你们要什么！

奥莉加 （不安地）知道您应该向他转达什么吗？

　　［沉默。

阿利别尔特 什么？（停顿）喏，说啊！

尼娜 您怎么称呼？

阿利别尔特 我叫阿利别尔特……

尼娜 我对您不感兴趣。我想知道，这位日本的同志叫什么。对不起，先生……请问这个日本人叫什么名字？

　　[阿利别尔特凑近日本人的耳朵，翻译了问题。日本人鞠躬，回答问题，脸上的笑容依旧。

阿利别尔特　他叫青木铁仁。

尼娜　铁仁先生！我有正当权利参加遴选！我和丈夫为这个国家奉献了一切，然而国家将我们变成了穷人！

阿利别尔特　我不会翻译你的这番胡言乱语。

沃尔科娃　尼涅莉……别这样……

尼娜　等等！

沃尔科娃　别这样，尼涅莉！得有自尊！

尼娜　您明白吗……我不知道该怎么办……难道十年前我能预知我们的命运吗？！

　　[日本人依然微笑着，把阿利别尔特招呼了过来。

阿利别尔特　（向日本人靠近）青木桑① 问，您想要什么？

尼娜　铁仁先生，我们家里有四个高等教育学位！我丈夫获得了三个高等人文科学学位！

阿利别尔特　您跟他说这些是干什么？如果您丈夫有三个学位，他还会把妻子送到新加坡去挣钱？！我是不会翻译这个的！

尼娜　先生……铁仁先生！在这里没有人需要我和我丈夫，因此我无数次地陷入绝望。但现在我想摆脱这种处境！我想像所有人一样，麻木迟钝，什么也感知不到……

阿利别尔特　您等等！让我翻译给他听，说您想变得麻木迟钝！（翻译这句话，倾听回复）青木桑非常吃惊。他不理解您的

―――――――――

①　桑是日语中比较正式、正规的礼节性称呼。相当于"先生"。

愿望!

尼娜 做出这个决定很困难，它让我饱受痛苦和折磨，历——尽——艰——辛!

阿利别尔特 他试图去理解您。

奥莉加 这和您承受的痛苦有什么关系? 并没有人把它们强加于您。他们可以不选择我们——这是他们的权利。拜托! 但至少请先让他们看看我们! 比赛的规则对于所有人应当是一视同仁的! 我们应当像其他人一样，获得顺序编号!

[阿利别尔特翻译了，日本人点了一下头。

卡佳 我们是比其他人差吗?

丽莎 就是啊!

沃尔科娃 我们比其他人都优秀! (对阿利别尔特说)你说，你摸着良心告诉我们: 我的姑娘们真的还有机会吗? 是不是真的?

塔玛拉 我的丈夫就是个蠢货! (对阿利别尔特说)告诉他，说啊! 因此我才来了这里!

阿利别尔特 (俯身凑近日本人的耳朵，然后直起身子)他确信，您的丈夫不是个蠢货。

塔玛拉 您就算看见他了，您也不会相信的。他能有五个您那么重，但脑子比母鸡的脑子还小。

阿利别尔特 (翻译)"公鸡的脑子"——青木桑纠正了您的说法。

塔玛拉 公鸡就是公鸡，而母鸡就是母鸡。

阿利别尔特 (翻译)他也认为公鸡和母鸡之间是有区别的。

尼娜 青木桑，我的丈夫不是傻瓜。他是折磨人的一把好手……

    〔日本人惊恐地抬起手，笑着。

阿利别尔特　（翻译）刽子手？青木桑问："他是一个刽子手吗？"

尼娜　他写过一本关于我们国家的著作……《射击手与彼得
    时代》……

阿利别尔特　（翻译）青木桑非常敬重列夫·托尔斯泰。

塔玛拉　如果我们的丈夫好一些，我们就待在家里了！您明白吗，
    日本先生？

沃尔科娃　铁仁……他叫铁仁……

    〔日本人把阿利别尔特召唤过去。

阿利别尔特　（向他俯身过去）把你们的姓告诉他。

奥莉加　什么？

阿利别尔特　把你们的姓告诉他。我替他记下来！

塔玛拉　为什么？

沃尔科娃　说你们的姓就是了！老天，简直就是一群傻子！

奥莉加　奥莉加……普霍娃！

阿利别尔特　（对塔玛拉说）姓是什么？

塔玛拉　博克！

    〔沉默。

    您那样看着我是什么意思？（大声地）博克！博克——
这就是我的姓！我护照上就是这么写的。您跟日本人解释一
下：我丈夫什么都听妈妈的。婆婆跟他说："她是嫁给博克的，
不是嫁给博克娃的。"所以我不得不姓博克。

阿利别尔特　他不明白，您说的到底是谁的妈妈。能否再重复一下
这个悲惨的故事？

奥莉加　不用了。

塔玛拉　为什么不用？博克——这是一个男人的姓……他父亲在劳动医疗防治疗养所治疗过两次。（没忍住，哭了起来）我一辈子都在走背运[1]！

阿利别尔特　日本人没有这个表达。我不知道该怎么翻译"走背运"。

沃尔科娃　不用翻译！干吗跟他说我们的生活？

　　　　[日本人又招呼了一下阿利别尔特——他向日本人俯过身去。

阿利别尔特　问题来了：这个女人为什么要哭？

沃尔科娃　让他别在意，她眼睛里长了个麦粒肿！

尼娜　她只是情绪上来了！跟他说：她就是激动了……我们都有点激动……年轻人！

沃尔科娃　你是叫塔玛拉吧？

塔玛拉　（哭泣着）对，塔玛拉。

沃尔科娃　别管那些日本浪人了！你确实已经有些岁数了——你为什么要把白花花的腿暴露在他们面前？这是那些小妞儿们该干的：她们前面的路还长。卡佳！丽莎！你们在干吗呢？

尼娜　尼涅莉·卡尔纳乌霍娃。美学教师……缝纫职业技术学校的。我被解雇了……他们是这么跟我解释的，说：罗蒙诺索夫的时代已经过去了……

阿利别尔特　（翻译了）他不知道罗蒙诺索夫是谁。他问，这个人是谁？问题：罗蒙诺索夫是谁？

尼娜　"……俄罗斯的大地能够诞生自己的柏拉图和智慧过人的牛

---

①　原文中"走背运"与其丈夫姓谐音。

顿……"①

阿利别尔特 （对尼娜说）柏拉图他也不知道，别费力了。他就对罗蒙诺索夫入了迷了。告诉他，罗蒙诺索夫是谁！

沃尔科娃 什么，青木？你不知道罗蒙诺索夫是谁？仅仅是为了读一本书，罗蒙诺索夫徒步穿越了北冰洋。我们俄罗斯人都很感激罗蒙诺索夫……

阿利别尔特 （对沃尔科娃说）您的姓是？

沃尔科娃 我的姓？他干吗需要知道我的姓？不用……

阿利别尔特 您的姓是？

沃尔科娃 不用了……

阿利别尔特 他在问。

沃尔科娃 我的名字是沃尔科娃·瓦莉娅。我以前是个地质学家……阿利别尔特，他干吗那样看着我？（腼腆不安起来）青木，你知道吗……算了，我刚怎么称呼他来着？我忘了他叫什么……

阿利别尔特 铁仁……

沃尔科娃 铁仁，你知道吗……

阿利别尔特 青木铁仁……

沃尔科娃 青木……我是来给我家姑娘们加油的！卡佳和丽莎：这俩都是我的女儿。看到了吧。青木，你可不能错过我的姑娘们！不能错过！青木，记住我的话：您只要看了她们跳舞，就一定会带走她们。卡佳，丽莎！你们还愣在那里干吗！

卡佳 我是沃尔科娃·卡捷琳娜。

———
① 罗蒙诺索夫,《伊利莎伯女皇登基日颂》。

丽莎　我——沃尔科娃·丽莎……

沃尔科娃　我的皮肤一点都不好，顶多算是人造革。但丽兹卡的皮肤是老天的馈赠！……那就是说，您负责挑选女孩去新加坡的俱乐部里工作，对吗？

阿利别尔特　请等等，我来翻译……

沃尔科娃　在新加坡是要举行类似于业余文娱晚会之类的活动吗？

阿利别尔特　请稍等，我跟他解释一下什么是业余文娱活动……（翻译，倾听日本人的回答）嗯，类似于业余文娱活动。在新加坡获胜者将会得到一个非常好的工作机会，按照他的说法，"在娱乐行业"。他希望能帮助俄罗斯姑娘找到自我……施展才华……展示美貌……

　　　　〔沉默。

沃尔科娃　谢谢。

阿利别尔特　沃尔科娃，他打算考核一下你们所有人，看看你们唱歌和跳舞的水平！请吧，沃尔科娃！

沃尔科娃　什么……我？当我是傻瓜呢？现在是要让我把那些侵略者们吓跑吧。我可不打算这么做！青木，别弄得我不好意思。别那么看着我……他不是吧，当真要听我唱歌？要唱，我也是可以的。至少让我把发型整理整理好……我一点没做好准备……这个遴选是要求要脱衣服吗？

　　　　〔沉默。

　　　　我会把大衣脱了，但是不会全部脱掉。我可以给他唱首关于地质学家的歌吗？

阿利别尔特　他说：可以……

沃尔科娃 谢谢。

　　　〔沉默。

阿利别尔特 唱吧……

沃尔科娃 马上。塔玛拉，你可以帮我伴奏下吗……用巴扬？

　　　〔塔玛拉把手风琴打开。沃尔科娃演唱关于地质学家的歌
　　曲。她的声音有些沙哑，但是能在其中感受到昔日的唱功和
　　纯净。

　　　〔沉默。

　　　怎么样？

卡佳 很棒。

阿利别尔特 青木桑不明白歌词的意思，但是歌曲将他深深感动了。

沃尔科娃 这首歌我曾经在克里姆林宫大会堂唱过，在闭幕演
　　出上……

阿利别尔特 青木桑很喜欢俄罗斯歌曲……

　　　〔沉默。

　　　有请下一位！（对尼娜说）您吗？

尼娜 青木桑，我也参加过业余文艺活动，我参演过学校剧院的
　　哑剧。我表演的是《蛇舞》。为此我准备了这个节目。我有一
　　个伴舞，他演驯兽者，我演蛇……但是我现在没有舞伴……

　　　〔阿利别尔特翻译。日本人兴奋地点着头。

阿利别尔特 他问，舞伴在哪儿？您的舞伴呢？（对尼娜说）舞伴
　　被毒死了吗？

尼娜 我的舞伴活着呢！反倒是我，因为他的无能为力和无欲无
　　求，我每天都生不如死！我丈夫在我们学生剧里饰演降蛇巫

师。他演奏笛子让我神魂颠倒。（激动起来）我必须得要一个舞伴。我必须要一个舞伴，阿利别尔特！我能请您站起来别动吗。但得麻烦您目不转睛地看着我！

阿利别尔特　目不转睛地看着您我做不到。

沃尔科娃　（激动地）尼涅莉，塔玛尔卡①给你巴扬伴奏！她会让你神魂颠倒，忘记你这条蛇为什么爬过来！

塔玛拉　（打开手风琴，对尼娜说）你的驯兽者演奏的是什么？

尼娜　《太阳谷小夜曲》里的一首。

塔玛拉　唱唱……

　　　［尼娜低声唱起来。塔玛拉立刻跟上伴奏。

尼娜　您可以充满想象地来演奏……（表演哑剧）

　　　［塔玛拉演奏着，尽量不低头看。

卡佳　出人意料！

丽莎　目瞪口呆！

阿利别尔特　（听了日本人的评价）日本人说，他非常欣赏俄罗斯的芭蕾，因此他很满意这场优秀的演出。

沃尔科娃　我也很喜欢！我简直为尼涅莉所倾倒了！她不是一个人，而是一座美丽的雕像！尼涅莉，他们不会让你走的——这都是明摆着的！

尼娜　（激动地）但是需要一个男人！一个可以用眼神迷惑女人的男人！

阿利别尔特　这句翻译吗？

塔玛拉　不用！

————————
①　塔玛拉的小称。

丽莎 一个字都别翻译——日本人会大吃一惊的。

沃尔科娃 我赞同尼涅莉：如果没有男人我们会怎样?！对吧，小日本? 姑娘们，他不算什么，但铁仁是我们的人！只是个头小了些，小矮子一个……

奥莉加 青木桑，您什么时候也关注我一下。

阿利别尔特 他关注了。

　　　　［沉默。

　　　　他注意到，您是一位非常美丽的女士。

沃尔科娃 对他而言我们都是美女。您会让我们都去新加坡的，青木，对吧?

阿利别尔特 他必须跟其他同事商量一下……

沃尔科娃 谢谢。

奥莉加 我丈夫本来是我的节目搭档。但是他现在……他是城里最有钱的人……普霍夫基本上不跟我住在一起了……事实上他已经不算是我的丈夫了：只是护照上的一个记号，给了我一个三岁半的女儿。

阿利别尔特 您跟他说这些干什么? 谁对这个感兴趣?

奥莉加 普霍夫不和我住一起。他说：如果我申请离婚——他就必须承担一大笔赡养费，那不如干脆雇一个杀手杀了我……

阿利别尔特 明白了。如果您愿意的话，也可以展示一下。

　　　　［奥莉加走过阿利别尔特身旁的时候，从他背后变出一捧彩色手帕。女人们配合她，鼓起掌来。

奥莉加 雕虫小技罢了！如果普霍夫在一旁搭档，我能当着你们把他劈成两半。(对日本人说)我能在你们眼皮底下把男人锯开。

　　［阿利别尔特翻译。日本人说话。

　　青木！阿利别尔特，告诉他：我可以给他们表演电锯男人！

阿利别尔特　青木桑问：为什么要把男人给锯了？女人可以为男人带来许多快乐。干吗要劈开男人？——这就是他的问题。为何要把男人劈开？

沃尔科娃　青木！在我们罗斯，妻子劈丈夫——这就是个传统！

阿利别尔特　他很惊讶。他说"女人首先是快乐的源泉"。而我得翻译这番奇谈谬论……

奥莉加　（哭泣着）他不相信我是一个马戏团演员吗？

尼娜　你已经很好地证明了这一点！

沃尔科娃　奥莉娅！魔术很棒！奥莉娅！……

阿利别尔特　你们所有人他都相信！别激动！

奥莉加　日本人，你是不是不相信我？

沃尔科娃　（小声地）快伴奏，塔玛拉！给她伴奏个进行曲！随便一种马戏团的进行曲！

　　［塔玛拉开始演奏。奥莉加突然开始变形。

阿利别尔特　停下！够了！他相信您！（快速地）下一个是谁？

奥莉加　阿利别尔特，让我来表演电锯你吧？

阿利别尔特　谢谢，不用了。

奥莉加　这都是些把戏，别怕！

阿利别尔特　谢谢……我更喜欢完整的自己。

奥莉加　过来！

阿利别尔特 谢谢，不必了！

沃尔科娃 奥莉①，如果你想的话……可以锯我……奥莉，你愿意吗？但是你得好好锯——这样我一会儿才好把锯下来的身体各部分找回来——直接沿着肚脐这里锯吗？

　　　[沉默。

阿利别尔特 停下！别再变魔术了！（快速地）下一个是谁？接下来谁想表演？

沃尔科娃 你们躲在后面干吗。卡佳，丽莎?! 干什么呢？快点……

卡佳 （紧张地）我们也准备了节目要表演……

沃尔科娃 她们在"轮胎工"文化宫人民舞蹈队跳舞。她们从小就学习跳舞。

卡佳 （紧张地）我们的节目是……这儿没有合适的杆子……

丽莎 塔玛拉，你选一首慢一点的曲子伴奏吧……

沃尔科娃 帮她们伴奏吧，塔玛……

塔玛拉 什么我都能演奏。（演奏起来）

　　　[姑娘们一开始跳着舞，别扭地做着动作，想表现出陶醉和激情，接着慢慢开始脱衣服。

尼娜 （震惊了）怎么回事？

沃尔科娃 卡佳！丽兹卡！你们这是在干什么？

　　　[姑娘们慢慢脱掉了内衣。

　　　你们在干什么？快停下……停下！

　　　[沉默。姑娘们用自己的方式向所有人展示着，好戏还在后头。

———————————
　　① 奥莉加的小称。

尼娜 姑娘们……快停下来……

沃尔科娃 现在就去把衣服穿上！

尼娜 可是……

〔卡佳和丽莎继续着脱衣舞表演。

（小声地）她们多大？

沃尔科娃 还是丫头片子呢！

尼娜 快让她们停下，阿利别尔特！

阿利别尔特 （低声地）够了，姑娘们……

〔姑娘们纤瘦的身体一丝不挂，由于紧张而不住地颤抖，此时此刻脱衣舞表演达到了高潮。

奥莉加 （对沃尔科娃说）别多问！安静！

沃尔科娃 （痛苦地）奥莉加，放开我！我要给这些个不要脸的几耳光！住手！你们在干什么？！

奥莉加 坐下闭嘴！别激动！……你别插手，这正是日本人想要的。

尼娜 您在说什么呢？

奥莉加 （激动地）安静！别插手！

沃尔科娃 青木，听到了吗？……阿利别尔特……叫一下他……

阿利别尔特 （忍不住了）姑娘们，够了。青木桑请你们停下。他已经了解了。

沃尔科娃 跟你们说的够多了！你们是想让自己的母亲难堪吧！……卡佳！丽莎！叶菲姆·纳塔诺维奇难道就教了你们这些？！青木！她们有个舞蹈指导老师。科姆斯齐·叶菲姆·纳塔诺维奇一直辅导她们直到去世……他一直劝我：把姑娘们……带到莫斯科去。我怎么带？！我丈夫喝伏特加喝死了……后来……我自己也生病住院了……我一生都在吃苦……

尼娜 "你们好，年轻的、陌生的家族！……"①

　　［卡佳和丽莎迅速穿好衣服。日本人对阿利别尔特说了些什么。

阿利别尔特　他喜欢这两个姑娘……她们可以参加遴选……

沃尔科娃　这丢人现眼的事怎么会有人喜欢！青木，她们没有父亲，是我一个人带大的……明白吗，青木！你要原谅她们……

阿利别尔特　（俯身靠近日本人，短暂停留了一下就直起身来）青木桑请大家安静！他有点累了。接受了太多强烈的审美冲击。

沃尔科娃　阿利别尔特，你跟他解释一下：她们是在没有父亲的环境里长大的，明白吗？……

阿利别尔特　他向你们所有人表示感激……

尼娜　塔玛拉，您呢？

塔玛拉　我已经表演过了。他又不是聋子……

尼娜　再演奏点什么吧……

塔玛拉　算了吧！如果他们只需要袒胸露乳的，我在这儿白忙活什么呢！……我是带着手风琴来的……

阿利别尔特　他非常喜欢您。他会尝试去和他的同事们沟通，通融通融，让您也能参加遴选。他们现在需要检查其他参赛者的资料，看看有没有护照、婚姻状况和年龄问题，您得稍微等一下。

沃尔科娃　跟他说谢谢。说我们不急……

---

① 普希金，《我又一次造访》。

尼娜　谢谢您给予我们希望，亲爱的青木铁仁！

卡佳　那暖气的事儿呢？

沃尔科娃　不用，这句就别翻译了……我们受得了！

尼娜　请告诉他：他有一双不同寻常的眼睛！……

阿利别尔特　好……他眼睛这么小，我不知道怎么看出来了不同
　　寻常……但我会告诉他的……

沃尔科娃　告诉他，我们也很喜欢他……很是年轻的……青木！

　　　　[日本人听完阿利别尔特的翻译，笑着对她们摆动着手
　　指，以示警告。

阿利别尔特　他在警告你们。

沃尔科娃　我们看见了。多么朴实的日本人……多好的人……

阿利别尔特　他要走了。

尼娜　我们就在这里等着，希望能再见。

沃尔科娃　阿利别尔特，谢谢你。

阿利别尔特　谢我什么？

沃尔科娃　谢谢你帮助了我的女儿们。我可以来给你免费洗衣服。
　　我洗得很干净……全手洗的……

　　　　[阿利别尔特和日本人离开了。女人们沉寂了一会儿。

　　　　我觉得：你们肯定都会被录取——不信到时候看！

尼娜　我也这么觉得……他挺感兴趣的……

沃尔科娃　都录取！都录取！

奥莉加　高兴得太早了！我认为他们只是想摆脱我们而已。

塔玛拉　（指着尼涅莉）她不知怎么的就开始跟日本人哭诉起男人
　　的事情来了。

尼娜　如果您真的那么不喜欢男人——那就勇敢地改变您的取向！现在大家对这个都足够宽容了！

塔玛拉　听着，尼涅莉！请您不要招惹我，好吗？！有些话已经到嘴边了——你别逼我说出来！

沃尔科娃　我赞同尼涅莉！没有男人我们该怎么办？我是乡下来的，但我也知道：公不离婆，秤不离砣……

卡佳　倒酒吧，"砣"！

沃尔科娃　我无话可说了，模特！我只会给您倒酒。连亲吻一下母亲都不愿意……

丽莎　别烦人了。

沃尔科娃　你在文化宫就学了这些？！

卡佳　怎么提起这茬了？

沃尔科娃　卡佳，你都是怎么说话的？！我是你母亲！

丽莎　她也是这么跟我说话的，母亲！

沃尔科娃　看，她们就是这么对我的……

尼娜　姑娘们，别这样！

卡佳　那就让她别来烦我们！

尼娜　别这样，姑娘们！

沃尔科娃　行了，孩子们！别说了。尼涅莉，她们现在还用得着母亲！（对其他人说）这儿还有一瓶和兰芹清酒！

奥莉加　把钱拿着。

沃尔科娃　行了，奥莉娅！我是投机分子吗？！你已经付了我半个铺子的钱了。

奥莉加　拿着！

沃尔科娃 我的心因您而自责不安！姑娘们，你们打算去哪儿？！国外的一切都是假的。有个警察告诉过我试管的事儿……装着那些……他们从诺贝尔奖得主身上取得的，如果你的经济条件允许——那你就可以安安心心地让自己受诺贝尔奖得主的精。

卡佳 你说的是羊吧？电视上播过……说的羊……

尼娜 有些女人太过担心自己的孩子！我曾经读到过，有钱的女人带着丈夫一起去看医生。有项目单供他们选择……可以选择文科男人的，或是理科男人的精子，就像你说的，完成"受精"……

奥莉加 文科男可以做什么？！

卡佳 选择理科男也不轻松。

丽莎 我们国家的生活都变成什么样了——没人可以交配！真的，周围清一色的强盗和收银员！

尼娜 我已经见惯不怪了。

塔玛拉 跟丈夫一起去？拉倒吧！

奥莉加 对的！要是你自己不是获奖者——那就给获奖者让路。在国外，女人还挺会让自己得到重视。

尼娜 哎哟，金钱决定一切！哎！已经有了这种商品的市场，出口业务很快就会发展起来……

沃尔科娃 市场？那么就是说，很快我们也能获得这种商品了？那一定要等到！

丽莎 早就该有了！

卡佳 否则这里遍地都是傻瓜了……

丽莎 想象一下：我们这儿一个女人从农村消费合作社拿回家一个装过蛋黄酱的罐子，说："万尼亚，这是在农村合作社弄到的进口精子。我自己带的罐子。我在想，钱是不是给多了？"

尼娜 不不不！在西方都是冷漠空虚的！因此，不管你往哪儿看——都有变性人透过各个窗户看着你！根本就不可能搞清楚住在这几个欧洲国家的人的性别！勇敢的匈奴人到哪儿去了？！强大的罗马人，你们又怎么回事？！阿提拉①死在女人的温柔乡里了！我们俄罗斯男人，享有盛誉的瓦尔瓦尔人……西伯利亚熊又是怎么死的？！是因为自卑心理死的！

塔玛拉 去叨叨你的花道艺术吧！

尼娜 我接受自由主义思想，但还没到那种程度！那些西方的自由主义者只想要摆脱自己的妻子，逃离求而不得的期盼：你们想做什么就去做，只要别来烦我们就行！我明白了：自由主义的起源在于男人面对女人时最基本的恐惧！

沃尔科娃 我赞同尼涅莉！

尼娜 我总是想到那些活泼炙热的男人！②

塔玛拉 （没忍住）知道吗，你要的炙热的男人在哪儿呢？在火葬场！

沃尔科娃 （哈哈大笑）塔玛尔卡，你会比她死得早……

塔玛拉 对，为了不再见到她，我现在就死！

沃尔科娃 都把杯子拿来！（斟满酒）曾经有个疯婆娘跟我说——当时跟我同居的人酗酒把我的公寓都败掉了，我和她一起在

---

① 阿提拉（？—453），匈奴人领袖。
② 指来自极权主义国家，而不是西方的自由主义国家的男人。

科托夫斯基大街的一个地下室过夜，她以前是个保险公司代理人。专门给自己投了保，让自己变成残疾人，为的就是每年可以离开丈夫去治疗，而且是在……嗯，现在叫——热点地区。现在还去吗？那儿打着仗呢……

塔玛拉　就我个人而言，我一百年都不需要男人。有时候坐电车下班，在车厢里突然一个蠢货就朝你压过来……你想：这人什么味儿啊？变性酒精混合着松节油，还要再加上些鞋油……

尼娜　别这样！别这么说男人！男人的味道闻起来棒极了！

塔玛拉　噢，尼涅莉，您最好还是闭嘴吧！

丽莎　再多一个字都会让人受不了！

沃尔科娃　不管是什么样的男人，我觉得，都是需要的。我认为，他们的气味并不比你的糟糕。通常发育成熟的男人从二十五岁起就会有体味。一种酒气逐渐叠加在另一种上面：我能猜出他一周前喝了什么。还有一些极其强烈的气味——它们长—时—间地包围着他……大概就像尼涅莉说的……气场。比如浆果酒的气味就可以停留一周半到两周……

奥莉加　现在俄罗斯的男人是不一样的！有钱人是很注意的！我家普霍夫会在车里放除臭剂。

丽莎　就像是郁金香在马路上跑！

卡佳　有一次我们坐的"沃尔沃"——根本就不想下车。一直闻啊……闻啊……

塔玛拉　有钱人要除臭剂干什么——难道钱就没有味道吗？！

沃尔科娃　姑娘们，我提议为了他，为了俄罗斯男人而干杯！

〔阿利别尔特出现。

站住，阿利别尔特……等等！仔细看着我。（停顿）仔细
看……你看见什么了？

阿利别尔特　我看见您手里握着个酒瓶。

沃尔科娃　还有呢？你别看瓶子。在我背后你什么也没看见吗？我
背后没有什么东西在发光吗？仔细看……

阿利别尔特　……您背后站着的是一群遭到同样不幸的人。

沃尔科娃　阿利别尔特，也许你家里需要打扫打扫，擦擦灰尘……
我可以去给你打扫……免费的……你是本地人还是莫斯科人？

阿利别尔特　莫斯科人。

沃尔科娃　有妻子吗？还是她已经在新加坡了？

奥莉加　我们都听着呢……

〔沉默。

沃尔科娃　请等一下，让我给他倒一杯！阿利别尔吉克[①]，别嫌弃，
跟我们喝一杯吧！那些小日本对我们是很不屑的——但你可
别侮辱我们。请喝一杯吧！

阿利别尔特　沃尔科娃，安静一下吧。

沃尔科娃　你为什么不叫我瓦丽娅？

阿利别尔特　瓦丽娅，请您安静一下吧！

沃尔科娃　你在哪里学的日语？我连俄语都说不好——阿利别尔
特竟是如此聪明之人！啊，你真的很聪明，阿利别尔吉克！
你知道在日本都喝什么酒吗？

阿利别尔特　清酒。

---

① 阿利别尔特的小称。

沃尔科娃 清酒？

尼娜 快说！

沃尔科娃 等等，阿利别尔特！我们就在这儿给你讨个老婆！知道我们库尔斯克姑娘是什么样的吗？她们就是夜莺林下起赳趔蹼步、扑扇翅膀的鹌鹑！……看看我的姑娘，卡佳，过来！

卡佳 消停点！

尼娜 快说！

沃尔科娃 别吼他，小杂种！在日本人面前倒是准备好了把衣服都脱掉，对自己人却只知道吼……

阿利别尔特 青木桑让我转告你们，如果你们坚持的话……当然……都是可以去参加遴选的……

　　　　　［一阵欢呼雀跃。

奥莉加 你是天才！你太棒了！谢谢！

尼娜 我们该怎么感谢您？！

沃尔科娃 太棒了，阿利别尔特！太棒了！

奥莉加 好了，安静！

阿利别尔特 他最欣赏那首关于地质学家的歌曲。

沃尔科娃 （不好意思）行了……

阿利别尔特 请稍等！青木愿意……想办法帮助您……去新加坡……沃尔科娃，他让我向您说明：新加坡什么样的工作都有……

沃尔科娃 可以啊，对我来说都是一样的！

阿利别尔特 可以在那边的……餐厅帮厨，洗碗。这种工作待遇可能不会太好，但如果您这边无依无靠……

沃尔科娃 当然了！（停顿）真的吗？不是开玩笑的？

阿利别尔特　不开玩笑。

　　　　〔沉默。

尼娜　快说啊……

沃尔科娃　请稍等！阿利别尔特，你为何……这样说呢？我不明白。阿利别尔特，我该高兴吗？

阿利别尔特　这是你自己的事。我只是翻译，我也不知道。

沃尔科娃　我也不知道……

　　　　〔沉默。

阿利别尔特　那个蛇舞的表演……效果也不错……

尼娜　老天，难道平生第一回走运了？

阿利别尔特　尼涅莉·安德烈耶夫娜……我要向您转达……

尼娜　嗯……您想跟我说什么？

奥莉加　等等！就没什么要和我说的吗？

阿利别尔特　对您的表现没有任何异议——您可以参加遴选。

奥莉加　谢谢！

卡佳　那我们呢？

阿利别尔特　我想，你们会被录取的……

丽莎　会被录取？

阿利别尔特　是的，会被录取的。

丽莎　我们被录取了？录取了？！

沃尔科娃　丽兹卡，真的吗，你们……会被录取的？！阿利别尔特，她们会被录取的？！真的吗？阿利别尔特？不是开玩笑吧？

阿利别尔特　等等。安静！你们都有这样一个情况。我是这么理解的，你们所有人都需要提供证据，怎么说……就是，证明在这里没有人需要你们……

尼娜　证据？

沃尔科娃　在这儿谁会需要我？瞧，姑娘们，我现在有机会了……一个千载难逢的机会！我曾被谁需要过吗？！有过吗？

阿利别尔特　您等一下，沃尔科娃！

奥莉加　安静！

尼娜　就我的情况来说难道还需要一些什么证据吗？您就告诉他们，尼涅莉·卡尔纳乌霍娃——俄罗斯女知识分子，没人需要她。最近总是有吸血蚊飞来飞去咬我！

奥莉加　安静！

阿利别尔特　有些人的丈夫来了。其中一个，挺暴躁的，反对您……参加遴选。因此日本人说：没有经得丈夫同意不能录取。

　　　　[沉默。

塔玛拉　谁的丈夫？！

尼娜　我的天，谁啊？！浅色头发的？！

阿利别尔特　戴着头巾……看不太出来头发的颜色……

沃尔科娃　是你丈夫吗，奥莉娅①？

奥莉加　我丈夫全年都不戴帽子，脑子都冻坏了……

沃尔科娃　那么，是你的，尼涅莉？

尼娜　鲍里斯不会来！这不可能！

阿利别尔特　（对尼娜说）鲍里斯·阿列克山德洛维奇……让我转交给您一些东西……这些药……

———————

①　奥莉加的小称。

尼娜 （叫起来）鲍里斯?! 他在这儿?!

阿利别尔特 他把药给您带来了……他说,我不过是个普通观众——碰巧来了电影院,想着看部电影。接着他说,请向尼涅莉问好。脸色苍白……紧张得手都不听使唤,半个小时都停不下来。"她还好吗?"他问。"活着呢。"我这么说。这么说是不是不太好?

尼娜 不——没有……

奥莉加 没错,她还活着。这儿谁也不想死。

阿利别尔特 我让他在这儿等一等……我说:"也许尼涅莉会需要您……"我这么说对吗?

尼娜 非常感谢您,阿利别尔特!

阿利别尔特 （把药转交给尼涅莉)他说:这些是镇静剂和安眠药……

尼娜 我最近一直按这个剂量服药——但未必能有什么用!……他想保护我免受这可怕的经历……

　　　[沉默。

　　　从家里出来的时候,我对他说:"再见了,单身汉!"

沃尔科娃 咳,尼涅莉,你还真会说话!

尼娜 他在哪儿?

阿利别尔特 他在等您……

尼娜 他为什么来啊?为什么?他为何要折磨自己,折磨我……为什么?

奥莉加 别发牢骚!

塔玛拉 （对阿利别尔特说)那个,有头发的,是个什么样的人?壮吗?

阿利别尔特　个头不小……跟您身型——差不多。

　　　[沉默。

沃尔科娃　这么看来——应该是你家那位，对吗，塔玛？

阿利别尔特　您丈夫叫瓦西里吗？

塔玛拉　对，瓦西里……

阿利别尔特　他决定……把你们所有人都枪毙了……不需要任何审判！他冲进电影院……最后被警察制服……

塔玛拉　他喝醉了吗？

沃尔科娃　别急，塔玛①，先喝一杯。坐下！先坐，该做的你都做了……

阿利别尔特　一开始他被绑住了……好像他向警察说明了妻子的状况……都是男人，了解了一下具体情况，警察就把他放了。他叫嚣着要找您……他冲进大厅，看见舞台上正在表演波莱罗舞②……于是在电影院里横冲直撞，四处乱窜——他在找您！

奥莉加　别害怕，塔姆卡③！记住：胜利者是不受审判的！

塔玛拉　我怎么胜利了？他们要求我取得博克的允许……

奥莉加　会允许的——他逃避不了！

塔玛拉　可能是婆婆跟他说，我在这里，光着身子……但我是带着手风琴来的！

沃尔科娃　你快先把衣服穿上，塔玛尔卡！

塔玛拉　我是带着手风琴来的！

———————

①　塔玛拉的小称。
②　一种色情舞蹈。
③　塔玛拉的小称。

沃尔科娃　全都是我不对！

奥莉加　你一点没错！

阿利别尔特　也有可能……最终你们还是会被拒绝……然后回家去？

　　　　［沉默。

塔玛拉　必须丈夫同意吗？

阿利别尔特　对！他们说了……如果是已婚的话……铁仁要我这么转告大家……

沃尔科娃　那这不就变成了丈夫遴选，是不？……

塔玛拉　你知道我丈夫的拳头有多大吗？他怎么会同意我去？！他连活口都不会给铁仁留的！

沃尔科娃　听着，阿利别尔特，我可以让一个熟识的司炉工人来吗？我给他四分之一瓶酒他就能同意让我走。我现在没有丈夫，我能让谁去见日本人呢？！

阿利别尔特　丈夫……亲戚……司炉工——对他们而言都一样。

卡佳　那我们呢？

阿利别尔特　他们希望你们在这边没有任何拖累，免得到时候有人找他们的麻烦。他们要求提供一个父母的字据……母亲或者父亲的。

卡佳　那我父亲在哪儿呢？

阿利别尔特　我重复一遍：你们需要向他们证明：在这儿没人需要你们……沃尔科娃，您是他们的母亲吗？

沃尔科娃　对，母亲……

阿利别尔特　沃尔科娃，您放她们走吗？（停顿）沃尔科娃，您是她们的母亲？

丽莎　她算哪门子的母亲?!

尼娜　别这样，姑娘们!

卡佳　这儿没你什么事儿吧?!（对沃尔科娃说）离开这儿! 你来这儿究竟要干吗?!

塔玛拉　够了，别再朝她大吼大叫!

沃尔科娃　卡佳的父亲死了……还不到四十岁……丽兹卡的父亲……

阿利别尔特　您知道她们要去从事什么样的工作吗?

卡佳　知道……

沃尔科娃　什么工作? 她们要在俱乐部表演。

阿利别尔特　在男性俱乐部……

沃尔科娃　什么俱乐部?

卡佳　我们知道是什么样的俱乐部!

阿利别尔特　姑娘们，我现在在和你们的母亲说话!

卡佳　您跟她有什么好说的?! 您跟我们说吧!

阿利别尔特　你们没有护照。

卡佳　我们的护照在姑母那儿……一个皮条客……

丽莎　她在说笑呢……

卡佳　我才不是说笑! 她的护照也在皮条客那儿……我们现在住在罗斯托夫……是父亲的姐姐柳德米拉·伊万诺夫娜把我们接过去的……她就是我们的老鸨。她在酒店当主管。她向我们许诺：如果我们通过了遴选，她就把我们的护照交给日本人……

沃尔科娃　在地下室的阴暗中度日如年……我哥哥来过，想把她们带到上沃洛乔克!

105

卡佳　蠢货才去上沃洛乔克！

沃尔科娃　她们跑到罗斯托夫……去找姑母……

丽莎　她跟我们说：为我们付的钱都给你寄去了——你也收下了！

沃尔科娃　什么钱？柳德卡①，这个混账！她跟我说：姑娘们会在酒店里工作！去打扫房间！然后会把你们送到师范学院去！我还为她祈祷！

丽莎　您别慌：我们是在酒店工作！

沃尔科娃　你们做什么工作？

丽莎　在房间里工作——别激动！

沃尔科娃　帮帮她们，阿利别尔特！

卡佳　新加坡究竟不是罗斯托夫！

　　　〔沉默。

塔玛拉　花道的崇拜原来是这个样子啊！（突然从肩上向右下方取下手风琴）我现在什么也不怕了：我没有回头路了！突然屏幕亮了，传来音乐声。所有人都回过头来，看见屏幕上闪现光斑。

丽莎　开始了！走吧母牛们！

卡佳　我们在这里……等待着，挨着冻，而那边已经开始遴选了！……

丽莎　还给那些坏蛋安装了照明灯！

尼娜　为什么我的丈夫要为我做决定？我已经做了自己的选择！现在我们是自由国度的自由女性！

_____
①　柳德米拉的小称。

106

阿利别尔特　所有人！安静！遴选开始了！

塔玛拉　我要过去！让他当着评委会的面打我吧！……

尼娜　塔玛拉，别这样！阿利别尔特，您等等……帮帮我们！

阿利别尔特　安静！我请求你们，别吵了！

奥莉加　没有办法了。姑娘们，我们没有办法了！阿利别尔特，
　　把他们带到这儿来！告诉他们，他们贫困潦倒，他们抑郁萧
　　条。我早上特意给我丈夫打了电话：我希望他看到我，我这
　　头蠢牛在这儿，没有他我也死不了！……

尼娜　我应当求一下鲍里斯吗？为了说服我留下，他承受了巨大
　　的压力。我们多少天夜不能寐……他跪在我跟前……号啕大
　　哭……我该怎么办，杀了他吗？

阿利别尔特　好像有人走过来！

尼娜　天啊，听到男人们的声音了吗？

奥莉加　你丈夫，塔玛！你的！

塔玛拉　放我走！我现在就带着乐器离开！

阿利别尔特　请穿上衣服吧！这里打架闹事还不够多呢！

塔玛拉　不！我无论如何都不会穿上衣服的！

阿利别尔特　塔玛拉，您没必要这样！请穿上衣服！

奥莉加　别穿，塔玛尔卡！让他看！

阿利别尔特　她会被他打死的！

塔玛拉　反正我都不活了！

阿利别尔特　他会打死她的！

奥莉加　别害怕！

沃尔科娃　咳，姑娘们，你们在瞎胡闹些什么！这样能糊弄得了

丈夫们吗！记住，瓦丽娅，你可是机电技术学校毕业！我好像在哪儿看到了闸刀开关……现在我们要给你丈夫增加点难度，让他好找！

阿利别尔特　不必如此！大厅里遴选已经开始了！

卡佳　对的！快，把灯关了！快！

丽莎　他们打着灯在挑选母牛呢——我们没位置了！

奥莉加　那就让他们用手触摸挑选芭蕾舞群演吧！

阿利别尔特　你们给我停下！

　　〔沃尔科娃带领其他人，在队列之间穿行，挤过层层挡板。阿利别尔特只多停留了一下。瓦西里出现，鲍里斯·卡尔纳乌霍夫跟在后面想拦住他。前者对壮汉说了些什么，灯光熄灭，屏幕上传来的音乐也骤然停止。

第二幕

　　过了不到半小时。瓦西里，一副心急火燎的样子，愤怒地穿过旧椅子堆，鲍里斯·卡尔纳乌霍夫痛苦地呆坐在其中一个椅子上。

瓦西里 你女儿在这儿？

鲍里斯 我老婆！

瓦西里 老婆？我还以为是你女儿。还让她活吗？

鲍里斯 瓦西里，您这样是不对的……

瓦西里 那个家伙……老转来转去的那个……阿利别尔特……你知道他在哪儿吗？

鲍里斯 我不认识这个年轻人。

瓦西里 我问的是：他在哪儿？在哪儿？

鲍里斯 他说会把您老婆找到的。还没过多久呢……这里的照明之前出了问题……

　　〔沉默。

　　您知道吗，奇怪的是，我至今都没在售货摊那里喝过酒。

瓦西里 在售货摊后面……

鲍里斯 您认为，这个活动举办的地点重要吗？

瓦西里 我们就在售货摊那里晃悠着……就应该买下那个手榴弹的！有个中校想用一个手榴弹换一瓶甜葡萄酒。

鲍里斯 瓦西里！快停下你那些对于人性的残忍暴行，够了！

瓦西里 老兄，我连手指都没碰过她！

鲍里斯 您想想，为何那么多人在那里？为什么她们在那里？

瓦西里 您不用管她们！她们有自己的父亲，兄弟——让她们去想吧。

鲍里斯 这些姑娘可都是我们基因储备的潜在携带人。

瓦西里 喝了伏特加以后您就不该再喝啤酒。劲儿没那么大的，都应该先喝。如果后喝，只会让你打嗝。

鲍里斯 您让我了解了这个世界的法则！

瓦西里 这叫什么法则？！俄罗斯伏特加是高加索人酿造的，然后马不停蹄地被送到这儿来。

鲍里斯 天哪，到处都是谎言！

瓦西里 没错，朋友，到处都是！……

　　　　〔沉默。

鲍里斯 女人的面孔和身躯都是最伟大的艺术家画出来的……

瓦西里 老兄，我不了解什么艺术家。

鲍里斯 有些人把这个艺术家叫作上帝，有些把他叫作大自然，还有一些——叫宇宙精神……

瓦西里 他们有什么样的精神？

鲍里斯 瓦西里！为何我们会如此改变，废除农奴制，经历改革和战争……无数次的诞生和死亡？为的是什么？

瓦西里 老兄，我不反对……她说想换个电视，我就在小舅子的车库里拼死拼活地干——然后给她买了个大屏幕的。如果你喜欢晚上播的节目，那就看……我喝了酒就睡觉，她就坐在那儿看……

鲍里斯 瓦西里，她们相信，在那里是有所期待的！她们在那儿比我们过得更好。我什么也不期待，什么也不相信。我天真地认为，不会过多久——五年、十年——我们就会变幸福……那些破旧的房屋、板棚、肮脏、贫穷、流浪狗、酗酒……野蛮……——满目疮痍的地球总有一天会变成枝繁叶茂的花园。我还觉得我等到了这一天。我迎接着自由，因幸福……因自豪而哭泣……您明白吗？

瓦西里 我跟我母亲说："家里得有个女管家。母亲，你已经辛苦了一辈子了。"我们一共四兄弟……从没人蹲过牢房……

鲍里斯 谁能告诉我：我们到底是谁？

瓦西里 忍一忍，老兄！我们什么都会问清楚的！

鲍里斯 她早晨过来了……今天……嘴唇惨白，哭泣着……说："我再没有东西可以卖了，卡尔纳乌霍夫，除了自己的身体……"

瓦西里 荡妇！

鲍里斯 不是！我们应当理解这一切。

瓦西里 老兄，我知道：您很委屈……

鲍里斯 她走的时候，我拿着她的照片，您知道，我看见什么了吗？您想都想不到……

瓦西里 为什么？我可以想到……

鲍里斯 当您看着自己妻子的照片，您能在她脸上看到谁？

瓦西里 以前除了自己谁也看不到。现在照片上谁看不到！

鲍里斯 您没懂我说的。

瓦西里 我当然懂！不论是在她脸上，还是在我身旁，我谁也看不到……我从来不审查她。直到工厂倒闭，我和她一直都在工作……晚上才回家……母亲准备晚饭，说让儿媳妇休息下。我就应该每天打她耳光！

鲍里斯 您又是自己那一套！

　　〔沃尔科娃走进来。

沃尔科娃 （客气地）你们好……

鲍里斯 （有点惊讶）您好……

沃尔科娃 男孩儿们好！你好，鲍连卡①……

鲍里斯 您怎么认识我？

沃尔科娃 你还好吗，瓦先卡②？

瓦西里 你是谁？你要干吗？

沃尔科娃 我姓卡米卡泽③。今天给自己取了个艺名，伊莎贝尔……

鲍里斯 这是谁？幻觉吗？

沃尔科娃 你怎么这样说我，鲍里亚④？

鲍里斯 我没这个荣幸与您相识……

沃尔科娃 生活中大家叫我瓦丽娅·沃尔科娃。我们刚才绞尽脑汁想了一阵儿，该让谁来见您……谁来下地狱，为大家牺牲。

---

① 鲍里斯的小称。

② 瓦西里的小称。

③ 源于日语，"敢死队"的意思。

④ 鲍里斯的小称。

所有人当中最没有希望的就是我。其他人都比我年轻——她们要生存，要立足，慢慢步入正轨。

鲍里斯 开头很精彩，接着呢……

瓦西里 快！接着说！

沃尔科娃 别催啊，汉子。地耕好了——还没播种呢……别急……

瓦西里 快！快说！

沃尔科娃 有个人这么跟我说："快——快！我要把你身子翻过来"……他开始给我翻身，结果人就不行了，我们得把他的棺材板钉上 ①——有这么个巴尔瑙尔的笑话。知道浪漫之城巴尔瑙尔吗？有没有个叫普霍夫的人来过？

鲍里斯 来过……

沃尔科娃 他在哪儿呢？

鲍里斯 在大厅。在那儿看其余的参赛者……

沃尔科娃 太好了！总算还是有正常的男人。你们坐在这儿干吗？你们也过去啊……

瓦西里 你要干什么？

沃尔科娃 我来是要告诉你们，没有你们她们多么可怜，举步维艰。塔玛尔卡带着手风琴来的。奥莉娅带着锯子来的。尼涅莉整个人都裹得严严实实——和潜水员差不多。大家都在说："我需要一个搭档，必须要一个搭档！"哭喊着！鲍里斯，叫着鲍里斯的名字！塔玛拉有一个驯兽师代替您，鲍里亚。我跟她们提议：给我一瓶酒，我就多带几个搭档过来，每个女人就会有四个可选。不！除了您，其他人谁也不想见。她们

---

① 此处讽刺前面说话人一直说"快——快"催促沃尔科娃。

非常无聊……

瓦西里 你要什么？喝酒吗？

沃尔科娃 您有吗？

瓦西里 没有……

沃尔科娃 没有酒那你干吗提议喝酒？我可是给你们带酒来的！

瓦西里 你为什么要招待我们喝酒？

沃尔科娃 那我们俄罗斯女人还能给谁喝？总不能给那些吃青蛙和蠕虫的①吧，对吗？！

瓦西里 自己带着杯子来的，真是——伊莎贝尔……

沃尔科娃 瓦夏，你的塔玛拉——真是极好的，难得的珍贵！……铁仁看到他都高兴得跳起来了……

瓦西里 （严厉地）谁跳起来？

沃尔科娃 啊，那个……青木铁仁！青木是名字，铁仁是姓。她，你的塔玛洛奇卡②，每一颗扣子都扣得紧紧的……谨慎又小心……她跟日本人说："先说清楚，坏蛋们，我只带着手风琴！"

瓦西里 带着手风琴？

沃尔科娃 姑娘们给你们拿来了鱼肉冷盘当下酒菜……大家都很担心：他们在那里寂寞吗，没有吃的吗？塔玛拉叫着："他能在冰箱里找到这个吗，找得到那个吗？"

瓦西里 空冰箱——在那儿能找什么？

沃尔科娃 塔玛拉就是一块璞玉……毫不逊色于罗蒙诺索夫……日本人在她周围发抖：绝妙的表演，精彩的表演！任何条件

---

① 指外国人。
② 塔玛拉的小称。

都可以满足她……但她，冷漠地，鄙视地对他们说："你们应当见见我丈夫……没有我最心爱的丈夫我什么也不能向你们承诺！……"

鲍里斯　阿利别尔特已经提醒过我们。我们正好在说着这件事……

沃尔科娃　所有女人都坚决地跟他们说："我们有合法的丈夫……我们——首先是妻子，然后才是你们乐团的演员……我们应当取得他们的同意，否则我们哪儿也不去！"日本人激动地搓着手，像这样，要求我们！怎么劝也不同意："去找自己的丈夫要书面同意！"

　　〔阿利别尔特和普霍夫走进来。

普霍夫　你要跟我说了，我就帮你选姑娘！

阿利别尔特　我谁也不选。我只负责日俄互译……

普霍夫　有件事我就不明白了！你，小伙子，你告诉我……我看了舞台上的表演——我简直想号啕大哭！谁会去看那些人啊？要在那里演什么，严刑拷打下的被迫演出吗？不是，你说：新加坡人要自己付钱看这些演出？

阿利别尔特　你不该跟我说这些。

普霍夫　他们为什么要选这群怪人——我想不明白！

阿利别尔特　别跟我说。

普霍夫　不，你得向我解释！

阿利别尔特　日本人想向您提供帮助……

普霍夫　向谁？

阿利别尔特　您的妻子，您……我……我们的人……

普霍夫　帮助谁？我？可能，他们自己需要帮助吧？去，去问他们：在日本伙食怎么样？去，去，去问问！

阿利别尔特　好，我会去问！

普霍夫　你问问他们：是不是需要给日本人一些钱？去问，我给钱！

阿利别尔特　如果您的愿望真的如此强烈——那您可以把钱给我……

沃尔科娃　这是普霍夫吗？

普霍夫　是普霍夫！

沃尔科娃　一表人才呀！怎么称呼？

普霍夫　维克多·伊万诺维奇！

沃尔科娃　按照我们法语的念法，您的名字是——"维克跺"！奥莉卡差点没打死我，我才理解你了，维杰克①。我不是指责你！我可不是在指责你！

普霍夫　这是哪儿来的疯子？

沃尔科娃　知道我和奥莉加说什么了吗？你不断地把男人切成一块一块的，那个小三也不是傻子，静静地收集好各个部分——然后又把他们拼凑好！她把双手举高弯向背后……用头去撞墙，哭喊着："我不该这么对维佳②！"她哭着说，我应该在他跟前长跪不起……趴在他身后……给他洗脚，洗完了还会把洗脚水都喝了！

阿利别尔特　好了，沃尔科娃！

普霍夫　教授，你去告诉日本人：如果他们把她带过来，我会付给他们钱。

---

① 维克多的小称。
② 维克多的小称。

阿利别尔特　我不是教授，我是学生。

普霍夫　（对阿利别尔特说）她想从我这里要什么——我不明白！

阿利别尔特　女人们希望你们能允许她们参加遴选。日本人需要你们同意，因为这里有些丈夫表示反对……还打架闹事。

鲍里斯　（跳起来）阿利别尔特，告诉尼娜，我不会阻拦她走这一步的！

阿利别尔特　鲍里斯·阿列克山德洛维奇，您必须把妻子带回家去。其他人的妻子也得带回去。因为她们的影响我们没法开始工作！

沃尔科娃　阿利别尔特，我要去让尼涅莉高兴高兴：鲍里斯同意了……

鲍里斯　我没同意！我完全无法赞同这里发生的事情！如果她的个人自由仅取决于我的签名，那我什么都可以写！首先，一个人应当是自由的！如果他愿意被如此侮辱和欺侮——没人有权力去干涉他。这么说，我们得走一下这个程序。我已经写好了申明。用三种语言写的。英语版，法语版，下面是俄语翻译。"我，卡尔纳乌霍夫·鲍里斯·阿列克山德洛维奇，强烈反对俄罗斯成为地球行星的原料附庸，我更加坚决反对年轻的女性成为这种原料。但干涉我的妻子，尼涅莉·卡尔纳乌霍娃（出嫁前叫斯涅戈瓦娅），做出她个人的自由选择对我来说是不可能的！"拿去给她，我走了！

沃尔科娃　鲍里亚，别走！

阿利别尔特　请等一下，鲍里斯·阿列克山德洛维奇！

鲍里斯　放开我！

瓦西里 等一等……

鲍里斯 请让我离开！拜托！

沃尔科娃 别犯错。鲍里亚，尼涅莉……她快受不了了。她在哀嚎哭喊着！泪水和喊叫都止不住！

鲍里斯 我在想：为什么要把我叫到这儿来？我以为是因为有人想见我……

沃尔科娃 是有人想见你！有人想见你！

鲍里斯 我不知道，先生，阿利别尔特跟您说了什么，这个年轻人跟我说：我妻子想见我。我就来了！我坐在这儿等着她……结果只是需要我的签名！

瓦西里 我在家睡着觉。父亲把我推醒，大声问我："你家那口子要去哪儿？"邻居老太太们在这儿看见她了……

沃尔科娃 你跑什么？你又慌什么呢？

　　　　〔沉默。

鲍里斯 再见，瓦西里！

瓦西里 等等！别走啊！

鲍里斯 我不能留下！我也不想留下！

阿利别尔特 鲍里斯·阿列克山德洛维奇，我请求您，把妻子带走吧！其他人的妻子也带走吧！我都说过了：因为她们我们没法正常工作！

沃尔科娃 先生们，他快站不稳了！把他抓住，阿利别尔特，我现在就把尼涅莉带过来！

鲍里斯 不用！我不想看见她！

沃尔科娃 鲍里亚，因为你她才来的这儿！为了你她才来的。

鲍里斯　什么？

沃尔科娃　她差点没跪在那个铁仁跟前，哀求着："请帮帮我的丈夫，他是个天才！"

鲍里斯　什么？我的天，真是耻辱！太丢人了！谁来杀了我吧！

普霍夫　他在那儿呻吟什么？老兄，你这是干吗？

鲍里斯　耻辱！耻辱啊！

普霍夫　（对鲍里斯说）你坐下！坐下！

瓦西里　鲍里斯，别难过！我把你送回家。别这样，鲍里斯！

鲍里斯　我已经没有家了。我已经崩溃了。这个世界上什么样的酷刑我不知道，但我也没见过这样折磨人的！

沃尔科娃　鲍里斯，亲爱的朋友，别哭！鲍里亚，尼涅莉那么爱你！

阿利别尔特　我请求您别喊了：那儿还在进行遴选呢！

普霍夫　遴选？小伙子，你给我说说，那儿在选什么呢？他们在看什么呢？！

沃尔科娃　他们在看声乐伴奏的舞蹈表演！阿利别尔特，你告诉他们：别的他们什么都没看，对吧？

阿利别尔特　沃尔科娃，你快离开这儿吧！

沃尔科娃　鲍里亚，别难过！鲍里亚！瓦夏，抓住他……他和尼涅莉两个人是互相依恋纠缠不清的——就让他俩互相折腾去吧！

鲍里斯　放开我！

沃尔科娃　鲍里亚，尼涅莉是那么的爱你！鲍——里亚！

普霍夫　别冲他喊，疯女人！所有人都给我安静！（对鲍里斯说）好了，大叔，坐下，坐下来！

119

瓦西里　在我把你弄得体不附魂之前①，你最好仔细小心点待他！

普霍夫　你是在跟我说话吗，坦波夫来的乡巴佬?!

沃尔科娃　男孩儿们，千万别打架！别打架！

阿利别尔特　听我说！日本人跟我说：让丈夫们把妻子带走！让他们一家人都走！所以，请你们把自己的妻子带上离开！

沃尔科娃　你，阿利别尔特，你告诉他们，姑娘们表现得如何……

阿利别尔特　沃尔科娃，她们在哪儿？

沃尔科娃　她们一直在那里坐立不安。我还又给了她们一瓶和兰芹清酒。她们牙齿咔咔作响，一心想去拼一把！

阿利别尔特　为什么要让我来整顿秩序？为什么要让我在电影院跑来跑去，当妻子和丈夫的和事佬？我是被雇来当翻译的啊。（离开）

沃尔科娃　男孩儿们，说句真心话：那些日本人是好人。这都是那些大娘们在挑事！一点道德败坏的事情都没有！一点没有！我自己也唱了一首歌。没有人来脱我的衣服，也没人摸我！他们是按照艺术活动的要求来的：正在成立一个音乐巡演团，发扬俄罗斯花道……

瓦西里　发扬什……什么？

沃尔科娃　我也不清楚，什么是花道？他们是这么跟我说的：花道——就是花束。对吗，鲍里亚？

鲍里斯　我们现身处绝境！我们正落入深渊！

沃尔科娃　鲍里斯，让瓦夏跟我们承诺，不然我不会把她们带过来的！

---

①　原文中瓦西里因为紧张将词序说错了。

鲍里斯 您想休战吗？你要的是这个吗？

沃尔科娃 我不知道，"休战"是什么？

鲍里斯 您是喝醉了，还是只是我这么觉得？

沃尔科娃 我也不知道，鲍里亚，是你在摇摇晃晃还是我？"休战"，这是什么？

普霍夫 行了，傻瓜，安静！

沃尔科娃 但是我不知道，维佳，"休战"是什么？我半个字也不认得。我在中学的时候，这些字都没学过！我知道"火葬场"，"防治疗养所"我也知道，还有"医疗劳动"。那"休战"到底是什么意思？

普霍夫 就是谁也不打谁的耳光……

鲍里斯 我向您保证：只要我在谁也不能对女人动手。

瓦西里 那就用脚踢……

普霍夫 都安静！安——静！

　　　　［沉默。

　　　　小伙子们，我们先来决定一下，让谁去买酒？（对沃尔科娃）傻瓜，过来！

沃尔科娃 不管怎样我还是要跟你们说：你们当中就一个男子汉——那就是维克多！没错，那些大娘的话没什么好听的——就应该立刻让她去买酒。

普霍夫 （拿出钱来）去拿几瓶酒回来……

沃尔科娃 哪儿也不用去。我随时都带着的，和兰芹清酒！这儿呢——一瓶酒就没问题了，不用再讨论了。我请客……

　　　　［普霍夫把钱递出去。

不用。我来。

普霍夫 拿着!

沃尔科娃 不用,维佳! 我都很过意不去了。奥莉加提前付了半年的钱了。你可以到第二货运站来找我,随便喝,都算在我头上。

普霍夫 也许我会来。谁知道,生活又会如何转变呢?!

沃尔科娃 像你这样的男人,我随时都很乐意免费为你斟酒。

普霍夫 很有分量的恭维。

沃尔科娃 外面资本主义愈演愈烈,周围的人都做着买卖,像失去控制了一样,因此我就想尽办法开始沿街叫卖。

普霍夫 很厉害! 盈利了吗?

沃尔科娃 凑合吧。我得从一个贱货手上把女儿们赎回来。

普霍夫 售货摊能经营得好吗?

沃尔科娃 维佳,我可是中等技术学校毕业。你没在最好的时候遇上瓦丽娅。

普霍夫 (递上名片)给我打电话,我给你想想辙。

　　[沃尔科娃给大家斟酒。男人们把酒都喝了。

沃尔科娃 朋友们,下酒菜我带了鱼肉拼盘。我不敢给姑娘们吃,你们尝尝吧。曾经有只猫跑到我们的地下室来。我们给它取了个男人的绰号"蛇"。之后我们发现:"蛇"慢慢变胖了……它刚出生的时候,就是一只小猫。现在它被叫作"蛇"。我是想说,早上"蛇"尝了尝拼盘,没有拒绝……我想,如果"蛇"都吃了,我也能吃……动物绝不会吃对自己有害的东西。吃吧——吃吧,朋友们。我早上也吃了,看——还活着……

　　[犹豫了一阵瓦西里先吃了。鲍里斯跟着他也吃了。普霍夫抽起烟来。尼娜，塔玛拉，奥莉加，卡佳和丽莎出现了。女人们喝醉了，一副不受掌控、要寻衅挑事的样子。她们身上发生了变化：让人觉得好像她们已经踏上了去新加坡的路。许久的沉默。

　　（对女人们说）姑娘们，没有你们男孩儿们都饿坏了。你们怎么半途而废了，不要让第二个再等了……

　　[沉默。男人们不看女人。

普霍夫　（小声地）来，我们认识一下！你叫瓦西里？

瓦西里　（同样小声地）瓦西里……

普霍夫　您，就是那个卡尔纳乌霍夫了？

鲍里斯　对，正是。

普霍夫　您在城里是知名人士……

沃尔科娃　来，再喝一杯！

　　[男人们喝了第二杯。

尼娜　（着急地）卡尔纳乌霍夫，你是假装不认识我吗？

鲍里斯　对，尼娜，我没认出你来。

尼娜　忘了我长什么样了？

　　[卡尔纳乌霍夫走向尼娜。

鲍里斯　（小声地）尼娜……你怎么搞的？你没穿衣服！

尼娜　我在参加遴选。

鲍里斯　你怎么了，尼娜？

尼娜　我什么事都没有。你旁边那个人是谁？

鲍里斯　我的朋友瓦西里。

尼娜　您好，瓦西里。很高兴认识您……

瓦西里　我不高兴。

鲍里斯　瓦西里！

瓦西里　我闭嘴……我谁也不去烦……我只是在回答……

丽莎　你再去捣乱试试！

奥莉加　（出人意料地）所有人都站起来！

沃尔科娃　哦，老天，你干吗，奥莉娅？！

奥莉加　站起来！

沃尔科娃　够了，奥莉娅，让我们喝酒。坐下，朋友们，都坐下！

奥莉加　我说：所有人都站起来！普霍夫先生，站起来！

普霍夫　你在法庭吗？

奥莉加　起来！女人们都过来了！

普霍夫　精神病！兄弟们，把杯子拿来……

奥莉加　所有人都站起来！

普霍夫　坐下，兄弟们！

　　　　〔瓦西里沉默着让鲍里斯坐下。鲍里斯站了起来。

瓦西里　（让鲍里斯坐下）鲍里斯，坐下！

鲍里斯　我认为，我们不要一模一样……我站着不舒服，但我也不坐下……

普霍夫　（让鲍里斯坐下）坐下！……

尼娜　我请求你们——别动手！

普霍夫　（对鲍里斯说）坐下……

尼娜　这是您丈夫，奥莉加？请他礼貌一些。

鲍里斯　不，先生……请允许我……站着……

〔瓦西里和普霍夫抓着卡尔纳乌霍夫。卡尔纳乌霍夫反抗着。

沃尔科娃　安静——安静！坐下，男人们……女人们，你们也坐下。我们平静下来……平静。他们让我们等着铁仁。我们今天的日程就是：等待青木铁仁给我们的回应……青木铁仁！

〔沉默。

塔玛拉　（小声地）瓦夏……

沃尔科娃　好歹回应一下……

塔玛拉　瓦夏，你听到了吗？

瓦西里　没有听到……

沃尔科娃　看得到吗？

瓦西里　看不到……

尼娜　听不到，也看不见……他难道是荷马吗，塔玛拉？

塔玛拉　你最好管好自己家那位，别碰我家的。

〔沉默许久。

〔奥莉加走向普霍夫。

奥莉加　（慌张地）普霍夫……

普霍夫　（沉重地）干什么？

奥莉加　我需要你，普霍夫。我们谈谈吧？

普霍夫　（坐下）你为什么总要因为这些鸡毛蒜皮的事让我来？

奥莉加　（对女人们说）听到了吗？我的事情对他来说是没有意义的！我没料想到会有其他的可能！普霍夫，我们必须谈谈，我求你！

普霍夫　什么事？

[沉默。

你为什么每天都要用你那些荒谬的事情来为难我？为何每天又向我许诺？……一会儿要死要活的，一会儿又要去新加坡……时间就是金钱！

奥莉加　你的情妇不会变穷的！只要别跟以往一样给她买钻石！

普霍夫　长话短说，你需要我签什么？

奥莉加　（激动地）普霍夫，你这是最后一次跟我说话了！我基本上已经在新加坡了！

普霍夫　可吓坏我了呢！没有您……我们在库尔斯克可是艰苦度日。啊，那男人们呢？"我们不需要土耳其海岸，非洲就更不需要了"。

沃尔科娃　维佳，新加坡在亚洲。

奥莉加　好吧……那就永别了！

普霍夫　"永别了——永别了……请记住我！"

[沉默。

尼娜　我听说，卡尔纳乌霍夫，你也很轻率地同意和我分别了。

鲍里斯　尼娜，我没办法继续与你交谈。你可以穿上衣服吗？

尼娜　你觉得难为情了吗？

鲍里斯　不管怎样……我请求你，穿上衣服吧。

丽莎　她不会穿的！

尼娜　请让我自己做选择！

丽莎　她不会穿的！

卡佳　没错！

尼娜　鲍里斯，哥们儿……别误解我：我们没有选择。

鲍里斯　有的！反正，我有……

尼娜　你什么意思？

鲍里斯　（站起来）不管怎样……我认为……站在我们面前的总归是女人！我要站在她们面前，但心里想象着拉斐尔，但丁和莫扎特。我还会想着普希金！谁也不能阻止我去想象他们歌颂的女人……

尼娜　那看来，我们不是那样的女人！

普霍夫　（忍不住了）你们——是女人吗？去年我去了迈阿密一个鳄鱼养殖场——对我来说跟这里的印象是一样的！但它们至少可以用来做皮包。

奥莉加　你想说什么，普霍夫？对你而言我不是女人？！那谁是女人？之前那个教你做鲱鱼生意的女服务员？

普霍夫　你不吃鲱鱼吗？！她从早到晚都背着包辛勤工作，而你到现在还躺在沙发上，哼哼唧唧说着"演员"！……

奥莉加　我没工作。我只是需要你道义上的帮助。别的什么也不要！

普霍夫　我提议让你跟我一起工作。你怎么跟我说的：我生来不是为了干这个的？！那你生来为了什么？为了这个遴选？……

奥莉加　对，就是为了这个！其他的我什么都不会……我哪里错了？

普霍夫　她是我工作上的伙伴！我尊敬她！

奥莉加　不，我亲爱的！我们都是女人！我们才是真正的女人！

瓦西里　你们算什么女人？你们是下贱的！

鲍里斯　瓦西里！不许这么说！

尼娜 我又被叫作什么呢?

鲍里斯 瓦西里,您必须道歉!

卡佳 傻大个儿!

丽莎 呆头鹅!

沃尔科娃 你们去哪儿?!过来!你们还单身呢!

尼娜 谢谢,姑娘们。我不指望您的庇护!我知道该向谁寻求帮助。卡尔纳乌霍夫,抱歉!你现在在想谁呢,杜尔西内亚·托波索①还是比阿特丽斯②?

鲍里斯 对,尼娜,你设想下吧,我正想着比阿特丽斯!随时随地!

尼娜 啊哈,就是这样!别那样看着我!我觉得我不惭愧吗!我很惭愧!

塔玛拉 不管什么事都会让她觉得惭愧!

尼娜 是的,我惭愧!但原则上我是不会穿衣服的!

瓦西里 真是个荡妇!

鲍里斯 瓦西里!您承诺过的!

瓦西里 我就问问其他人:他们也不穿衣服吗?

　　　　[沉默。

　　　　剩下的,我问你们呢,也不把衣服穿上吗?

鲍里斯 瓦西里!

——————

　　① 出自《堂吉诃德》:骑士堂吉诃德模仿古代骑士忠诚于某位贵妇人的传统做法,物色了邻村一个养猪村姑做自己的意中人,并给她取了贵族名字叫作杜尔西内亚·托波索。
　　② 出自但丁的作品《神曲》:比阿特丽斯为引导但丁进入天堂的完美女性。如今多理解为男性所向往的理想女性之代表名字。

奥莉加　塔玛拉不穿!

沃尔科娃　塔玛,把衣服穿上!

奥莉加　她不穿!

沃尔科娃　奥莉加,您为何要给他们表演一场好戏看呢?! 他们是
　　　　男人——不可以这样! 他们都血脉偾张了!

塔玛拉　(哭泣着)我又能穿什么呢,瓦夏? 我已经十年没给自
　　　　己买过新裙子了……去年夏天买了双人造革的凉鞋,你妈妈
　　　　都数落我……我就把鞋拿去退了。你就重新给我买了双粗毡
　　　　拖鞋。当我穿着这双拖鞋在厨房哭泣的时候,你怎么对我说
　　　　的:战后① 母亲和残疾的父亲相依为命——她也没哭啊?! 知
　　　　道我为什么哭吗? 我问:你是想让我穿着这双粗毡拖鞋入土
　　　　吗——你怎么回答我的?!

瓦西里　对你而言什么更重要,我还是那个什么——花道?!

鲍里斯　瓦西里!

沃尔科娃　瓦夏,花道——不是你想的那样!

塔玛拉　你怎么回答我的?

瓦西里　谁更重要?

塔玛拉　你记得你怎么回答我的吗? "给你下葬可以买更便宜的
　　　　鞋,这双鞋可以活着穿!"

瓦西里　我所有的钱都用来给你买那双鞋了!

塔玛拉　那就是说我别想指望买双凉鞋了? 我连一双凉鞋都配
　　　　不上了?! 我连穿凉鞋的资格都没有了?! 我过的都是什么
　　　　日子?!

---

① 作者应该是指德国侵占东苏联以后。

沃尔科娃　塔姆卡，你别说他！

塔玛拉　瓦夏！你能理解我一下吗！

　　　　　［沉默。

　　　　　原谅我，瓦夏！

奥莉加　你在他们面前一点错都没有！

塔玛拉　有错！瓦夏！原谅我！我愿意给你跪下。但我们该怎么办?！你说！你也不再赚钱了，没办法养家糊口。我去他们那个演出工作——至少能给家里寄点钱……

沃尔科娃　瓦西卡①！你应当原谅他，听到了吗?！让她去新加坡！

　　　　　［瓦西里垂下了头。默不作声。

塔玛拉　瓦夏！你什么意思，瓦夏！是我错了！（哭泣）他从来不曾这样……瓦夏！

沃尔科娃　别烦他，不要碰他。别碰他！别碰他！您想什么呢，男人这么容易放弃吗?！塔玛尔卡，他还是爱你的！你这个傻子啊傻子，你在干什么呢?！

塔玛拉　（哭泣）不知道……我什么也不知道了！

鲍里斯　瓦西里……亲爱的……可爱的朋友……您要经受住这样的考验，瓦西里！让她去新加坡！放她走！

瓦西里　我的一切都被夺走了！最后从我身边夺走的——是我的妻子！

鲍里斯　瓦先卡！朋友……坚强点……我现在也一无所有！我的命都没了！怎么办呢？谁也不再需要我们了。我们应当明白这一切……我们要经受这一切！

---

　　① 瓦西里的小称。

普霍夫　小伙子们……淡定！谁也不用去死！淡定，兄弟们！让她们去新加坡吧！这些女人们走了——我们反倒如释重负！我现在把你们带到我那儿去。我在以前的党政疗养院有个小酒馆。今天我给你们安排一个日光浴！……每个人给你们安排八个女人……每人八个！

奥莉加　现在你终于露出真面目了。这就是你的理想——八个女人！

普霍夫　我的理想?！兄弟们，你们知道我有多爱她吗?！我宠爱她到连尊严都不要了！我包容她的一切。（对奥莉加说）你从来没把我当人看……我就是要证明一下，在这样的生活里我也是能够做到些什么的！就因为这你就气疯了。你习惯了，成功只能属于你。我被切得七零八碎的，你就只剩下鞠躬致意……你以为我不明白你为什么来这儿吗！到时候城里就会议论纷纷：普霍夫的妻子……在舞台上光着身子。那个有功勋的人，那个议员的妻子……你躲不开我的钱！什么新加坡?！我去过这种俱乐部（突然对丽莎说）你，丫头片子……你打算去哪儿？你知道，跳一晚上脱衣舞你能挣几个子儿?！

丽莎　知道！

普霍夫　你知道什么？

丽莎　我知道！

瓦西里　小婊子……

卡佳　我们是什么？

丽莎　傻大个儿……

卡佳　酒鬼……

丽莎 博克!

卡佳 博克!

塔玛拉 你们闭嘴，不要乱来!

丽莎 就试试靠近他们会怎样! 就试试碰碰他们会怎样!

普霍夫 无视她们，兄弟们! 让她们走。既然我们妨碍到她们了，就让她们试试看，她们自己能干什么。跟我走，小伙子们! 我们走!

尼娜 卡尔纳乌霍夫! 对不起，我好像把你从比阿特丽斯这个话题上引开了……

鲍里斯 关于比阿特丽斯这个话题是引不开的! 我认为，在屁股膝盖遴选比赛上但丁怕是找不到比阿特丽斯……

尼娜 鲍里斯，这个人邀请你们去哪里?

鲍里斯 尼娜，你又怎么了? 你做了自己的选择——那么也请让我做自己的选择。

普霍夫 太棒了! 因为你的这个举动……我要资助你!

尼娜 啊! 好吧……在新加坡我终于能够安然入睡……也不用抓着你的手，担心你从窗户跳出去。再不用每天看着你的眼睛：判断你是否抑郁。再也不用想着钩子和绳子①。我祝贺你：你也终于找到了一个人，可以每天跟她重复你不想活了……

鲍里斯 （痛苦地）我想活!

普霍夫 太棒了! 八个女人!

尼娜 卡尔纳乌霍夫，亲爱的，你还是不明白，我们现在活在新时期!

---

① 指不再想着自杀。

鲍里斯　活着！活着！活着！我还想多活些日子。我不用再每天思考，我有什么样的价值，因为谁也不需要我而感到痛苦……

普霍夫　鲍里斯！八个年轻女人……没受过什么教育的……

鲍里斯　我亲爱的同胞！我要用尽一生来给您讲述那些痛苦和考验，因为我们整个历史都建立在他们之上。不过，在这方面很多民族获得的成就不比我们少。但现在没人愿意听这些事了……历史在重演……

尼娜　卡尔纳乌霍夫！人们只想活着，而不想听他们经历了什么！

鲍里斯　要活着！

瓦西里　我可以断定您，臭婆娘，还有其他所有那个乐团的人！你们是在急诊室表演，比的是颅内损伤程度。

　　　　[瓦西里怒吼着，一边呻吟，一边向一排排的旧椅子扑过去。破坏着毫无过错的桌椅。一阵喊叫。阿利别尔特和青木铁仁走进来。日本人微笑着鞠躬。阿利别尔特一副郁郁寡欢的样子。

奥莉加　就是他们！站在你们面前的就是他们！阿利别尔特，告诉日本人：这就是决定我们命运的人！

普霍夫　小伙子们！让她们去取悦亚洲人去，我去打电话看看桑拿给我们准备好了没。

奥里吉　铁仁，你听到了吗?！我们已经被遗忘了。而您还担心过：我们是否侵害了他们的权利，我们是否会让他们感到委屈？……

尼娜　青木，亲爱的……青木，谁也不需要我们……

阿利别尔特　稍微停一停，给我点时间翻译！

沃尔科娃　不用翻译亚洲人那段。别翻译——会生气的！

奥莉加　全部都翻译了！

沃尔科娃　不，不要把这个翻译给他听。

尼娜　女人们总会在斗争中被打败！要么在战争中死去，要么被侵略者俘获。女人们被赶离家乡……坐上开往西方的列车……

奥莉加　现在列车开往东方了！

尼娜　但是她们的丈夫和兄弟们在战争之路上，奋力厮杀！

奥莉加　但这些人不战而败，直接将我们拱手让出了！

尼娜　我提个问题：我们的男人现在在做什么？他们在和谁战斗？

阿利别尔特　您在问谁？

尼娜　所有人！您都做了些什么？为何我们如此痛苦？谁能告诉我，我为何要来这世上？

沃尔科娃　尼涅莉，你为什么要问他们这些问题？你要问自己的爸爸，他这么卖力为的是什么？

阿利别尔特　安静！你们都得安静！安静！你们都安静下来认真听！青木桑现在就向你们解释一切。因为你们我们已经将遴选推迟两个小时了！

沃尔科娃　你真是个好人，青木！就应该也给你倒上酒！青木，收下我们的清酒！我有和兰芹清酒……

阿利别尔特　住嘴吧，沃尔科娃！

　　　　〔沉默。

　　　　青木桑说，他很荣幸能有机会看到，就像他所表达的，人类美好的一半……他很高兴可以看到……不一样的另一半……

奥莉加　丑陋的另一半……

塔玛拉 行了吧！这些女人并不比他丑……

阿利别尔特 别打断我。他希望你们能理解他。他们已经花了很多钱。青木桑的弟弟宇野桑从新加坡远道而来。他们在新加坡工作……在自己父亲的餐厅工作……

奥莉加 在餐厅？

阿利别尔特 您是不是以为来找你们的是好莱坞制片人？下次吧。他们的父亲还有一个夜店。俄罗斯女人现在在亚洲很受欢迎。他们打算编排一个俄罗斯演出。他们的父亲让他们来到莫斯科。他和弟弟一直在寻找合作伙伴，最终找到了"机遇"公司……在波多利斯克……莫斯科州……

普霍夫 我不了解波多利斯克人……

阿利别尔特 您并没有错过什么。在图拉一切进行得很顺利。奥廖尔——也没什么问题。一群乖张的女孩儿……随着音乐前后摇摆……幸运的呢，能收到工作邀请，我们呢就接着往下走。然而到了库尔斯克，发现这里住着的都是傻子！

沃尔科娃 青木，这一切都是我们库尔斯克清酒造成的……

阿利别尔特 别打断我，沃尔科娃！都是傻子……傻——子！报纸上登的公告写得不对。把"女孩"写成了"女人"，关于年龄，长相只字未提……

　　[沉默。

　　因此青木……为了给女人们带来的困扰……向大家道歉，就像他之前委婉地指出，你们是不符合年龄要求的，更重要的是，家庭情况不符合要求。但是青木桑真诚地希望能帮助你们，帮助你们的丈夫。

普霍夫 好了——好了！

阿利别尔特 他愿意去为大家张罗一下。所有愿意勤劳工作的人，总会在新加坡找到工作。可以是清扫大街……当搬运……他不断地说，希望能帮助你们……

普霍夫 帮谁？

阿利别尔特 你们。

普霍夫 我？（停顿）你问问：他的伙食如何？问了吗？！

　　［阿利别尔特翻译。

阿利别尔特 青木桑不明白你的问题，也不会明白！

普霍夫 要给他点钱吗？问：要给吗？

　　［阿利别尔特翻译。

阿利别尔特 青木桑很惊讶，但也很乐意接受您的钱。

普霍夫 告诉他：我明天就去莫斯科，买上去东京的票。带几个日本女人回来，把她们的衣服脱了，在市场上免费给大家看！免费！

沃尔科娃 阿利别尔特，别翻译！

普霍夫 没事！他们会把自己的和服扒开的！

瓦西里 （从怀里掏出一小块铁）把他带过来！带过来！看见这块钢筋了吗？我们现在就让这个铁仁给我们看看舞蹈和声乐……

　　［大家都尖叫起来。女人们把日本人围起来。普霍夫和卡尔纳乌霍夫抓住瓦西里。

鲍里斯 把铁块儿交给我，瓦西里！

尼娜 鲍里斯，离开……远离他！鲍里斯！

沃尔科娃 （对瓦西里说）蠢货！你敢动他一根指头——就别想

从这儿活着离开！姑娘们会为了铁仁把你撕碎！他对她们而言——就是最后的希望！明白吗？他——就是黑暗中的一线曙光，青木！

普霍夫　安——静！一群疯子！傻瓜之国……安——静！

阿利别尔特　不要叫了，沃尔科娃！

鲍里斯　瓦西里！别闹了！别动手！

尼娜　鲍连卡……远离他！

鲍里斯　瓦西里，你许诺过的！要说话算话啊，瓦西里！不能变卦！

瓦西里　我说过，过来……小日本！过来！还笑？不许笑！

奥莉加　您看看他们！

瓦西里　小日本！我说让你过来！把她带走！

塔玛拉　瓦夏！在你眼里我现在怎么成这样了？

瓦西里　带走！现在我就把那双粗毡鞋拿来——烧了它们！不留关于她的一点痕迹！

沃尔科娃　为什么要烧掉？还不如把它们给我！

塔玛拉　瓦夏，我想回家！我想回家！我想回家！想回家！

瓦西里　（痛苦地）我不会给你买凉鞋的，不会买的……

塔玛拉　好，那我赤脚走回去！……

普霍夫　我愿为了她这样的行为资助她。明天我就去莫斯科，给塔玛拉从头到脚置换一遍。（对瓦西里说）你妻子塔玛拉适合什么样的鞋？意大利的还是法国的？

瓦西里　你穿什么合适？

塔玛拉　我不明白，瓦夏！我头晕！

137

普霍夫 好了！衣服——法国的，鞋——意大利的！晚上我让助手来量尺寸！

沃尔科娃 （欢呼雀跃）普霍夫！普霍夫！让我亲吻你！亲爱的！你就是皇帝佬儿！姑娘们！他就是皇帝啊！

普霍夫 （对奥莉加说）你回家去！

奥莉加 普霍夫，我不会回家的！

普霍夫 你必须回家。你是和司机一起来的！

奥莉加 普霍夫，我已经被批准参加遴选了，而且我会通过的！并且你要知道，我会轻而易举地通过！你先要明白，我不依附于你的钱，然后我们再谈！

尼娜 卡尔纳乌霍夫，我该怎么办？替我做个决定！

鲍里斯 不，尼娜！你得自己做决定！

尼娜 （绝望地）知道我认为你最欠缺的是什么吗，卡尔纳乌霍夫？你缺的是极权主义！我没办法又当女人，又当男人。这我做不到。替我决定我该怎么办，要么我就去参加并且通过遴选。我如果去了——那第一名非我莫属！青木桑，我们是可以去参加遴选的吧？

　　[日本人靠向阿利别尔特。阿利别尔特翻译。

阿利别尔特 青木桑已经跟你们说了一个多小时了：他允许你们参加遴选，但您是通不过的……不——可——能！你们岁数都太大了！

　　[沉默。

奥莉加 什么？

普霍夫 我妻子多少岁——这跟他没关系……去，翻译给他！

阿利别尔特　青木要跟你们道别了！他总算可以回到大厅开始遴
　　选了。你们自己也看到了，愿意参加的人非常多，新加坡烈
　　日下的位置，和其他地方一样少得可怜……

沃尔科娃　什么，青木他要走吗？

阿利别尔特　要走了……

沃尔科娃　等等，青木！（慌张地）青木，那我该怎么跟我家姑娘
　　们说……有没有可能录取她们？她们很快就要去那里了吧，
　　阿利别尔特？让她们回罗斯托夫去？还是怎样啊？

阿利别尔特　青木桑承诺，遴选一定会公平公正，只有最漂
　　亮……最有才能的才会去新加坡。

沃尔科娃　阿利别尔特，你帮帮我。让她们在这里，而不是在罗
　　斯托夫等着。护照的事情我们会想办法的……告诉他……我
　　们会筹到钱……

　　　　［沉默。

阿利别尔特　青木桑建议我留下来听听你们的诉求，但结果不是
　　转达给他，而是他的同事。准确地说是"机遇"公司，在波
　　多利斯克，莫斯科州。所有的诉求需要提交到那里去。看来，
　　剩下的日子我要在这里跟你们度过了。

沃尔科娃　谢谢，铁仁……我真的非常感谢你，青木，谢谢你。
　　阿利别尔特，你替我把这瓶酒交给青木——剩下最后一瓶和
　　兰芹清酒。

阿利别尔特　青木桑很感动。

沃尔科娃　阿利别尔特，还要这么跟他说：铁仁，你没在对的时
　　候遇到瓦丽娅·沃尔科娃。记住了吗？

阿利别尔特　我会跟他说的。他会像承诺的那样帮助你们，把地址写给他……

沃尔科娃　地址？请记一下：第二货运站，地下室，瓦丽娅·沃尔科娃。

　　　　〔青木铁仁走了。沉默。

　　　　你们在这儿干吗？卡奇卡[①]！丽莎！你们应该在那边参加遴选。我说了，过去站在铁仁面前。站在他们跟前，让他随时随地都能看见你们！

尼娜　去吧，姑娘们！祝你们好运。

　　　　〔卡佳和丽莎离开。

鲍里斯　您多少岁，年轻人？

阿利别尔特　我很年轻，经验不……我很优秀的。怎么说起我来了？怎么又说到我的年龄了？您干吗像看敌人一样看着我！他们给我提供了工作——我只是想挣钱……

鲍里斯　您是个有文化的年轻人。您不替自己觉得可惜吗？

　　　　〔沉默。

　　　　我们很快就离开了……不会再来打扰你们。

　　　　〔沉默。

　　　　尼娜，我建议你回家去。

尼娜　我会考虑你的提议。您好像要带着这群男人去某个地方。好像是去看农业展览。

鲍里斯　是吗？

尼娜　这个人说什么母牛母牛的。我很高兴你愿意休闲一下——

_____

　　① 卡佳的小称。

140

这唤起了我的某些期望。我愿意跟你走，但要远离畜牧业。

沃尔科娃 阿利别尔特，我不希望我家姑娘们回罗斯托夫去。我要告诉她们，很快青木就会给我们消息……不能没有希望地活着。我们这一代人听的是：我们要活在共产主义下，但是他们听的是：我们要活在资本主义下。就让他们这么指望吧。但是不能让孩子们过得比我们糟糕，对吗？

阿利别尔特 沃尔科娃！如果当初我立刻把您赶出去，那一切都会是另外一种结局。因为你日本人一个子儿都不付给我！

沃尔科娃 怎么怪到我头上来了？

阿利别尔特 波多利斯克人告诉我："不要回莫斯科——我们会把头砍下来的！"

沃尔科娃 谁的头？为什么？

阿利别尔特 我的头。因为我很可怜你们。在你们身上花费了多少时间！他们早就应该结束库尔斯克的工作，晚上之前能赶到别尔哥罗德。他们给那边打了电话：多少人在那里等着他们。但现在他们几乎还没有开始这边的工作。谁的错？结果是我的错。他们让我把你们都赶走——但我把你们留下了……

沃尔科娃 我今天白天卖酒的收入已经超过我的年收入了。（犹豫地）我把这些钱给你。

阿利别尔特 （感激地）您留着吧……您更需要这些钱……

沃尔科娃 （松了口气）谢谢……阿利别尔特。您来看了我们，真是太好了。对吗，姑娘们？

　　　[其他人以沉默回应。

尼涅莉，你别伤心！没白打算去新加坡。鲍里亚开始喝酒了——至少像个人了。塔玛尔卡，你也没有白白改变形象：你现在有凉鞋了。普霍夫许诺要帮我。（笑起来）一年又要过去了，不一样的一年。塔玛尔卡会告诉自己的瓦西里："你不放我走，我却收到邀请去新加坡参加顶级秀场演出……也许，整个世界都会停下来为我鼓掌……"

［突然从麦克风传来一个男人的声音。

［接着响起音乐声，声音更大了，意味着遴选终于开始了。

去看看我家姑娘表现得如何？我们会不会打扰到她们？（对其他人说）你们坐在这里干吗？走，我们去看看，看看我们的年轻人表现得怎么样……（走向屏幕，站了一会儿，然后回来，坐下）算了，我坐这里……你们怎么不回家？不想走吗？

［大家坐着，一言不发。

——幕落

高级病房 ①

双幕滑稽剧

亚历山大·卡洛夫金　著

邱鑫　译

① 首演权属于"列古尔"戏剧社。

作者简介

　　亚历山大·卡洛夫金（Александр Коровкин，1963—　），俄罗斯演员、编剧、剧作家。1988年毕业于国立卢那察尔斯基戏剧学院，曾在莫斯科艺术剧院工作，后踏入文坛成为专业作家，不断有戏剧和小说作品问世。

译者简介

　　邱鑫，四川大学外国语学院俄文系讲师、系主任。代表作有《希腊神话》（合译）、《俄罗斯汉学的基本方向及其问题》（合译）。

人　物

叶甫盖尼·鲍里索维奇·伊祖姆鲁多夫。

维克多尔·谢尔盖耶维奇·拉兹尼茨基。

拉丽萨·彼得罗夫娜（罗拉）——拉兹尼茨基之妻

菲利克斯。

让娜——菲利克斯之妻。

伊龙娜。

第一幕

　　豪华医院内的双人间。除床和床头柜外，还有一个壁橱、两把圈椅、一张写字台，一张饭桌，桌上立着一个长颈玻璃瓶和一个杯子，桌旁有两把椅子。一张床收拾得整整齐齐，另一张则刚有人躺过。角落里有台打开的电视，正在播放欢快的音乐。浴室的门开着，能听到水声和一个男人哼小曲儿的声音。伊龙娜穿着白大褂，拎着个名牌手提包从外面走了进来，拿起遥控板，调低电视音量。

伊龙娜　（对着浴室）叶甫盖尼·鲍里索维奇，早上好！

　　〔伊祖姆鲁多夫走出浴室，穿着运动服，脖子上挂着条毛巾，嘴里叼着牙刷。

伊祖姆鲁多夫　早啊，伊龙娜……我又把声音开得太大了吗？

伊龙娜　有点儿。隔壁病房的人都还在睡觉呢。

伊祖姆鲁多夫　想听会儿新闻来着。今天难道是您值班？

伊龙娜　本来该值班的那人要嫁孙女，找我暂时顶一下。

伊祖姆鲁多夫　抱歉啊，我得去洗把脸。（走进浴室）

伊龙娜　（整理床铺）您睡得如何？

伊祖姆鲁多夫　（在浴室里说）很好。不过昨晚灯丝又烧坏了，我还是没能把报纸看完。您知道吗，索科尔尼基公园里有个疯子，总是在半夜袭击女人，用锤子敲她们的头，抢她们的东西，抢得一干二净。您可千万小心呐。

伊龙娜　我夜里从来不去索科尔尼基公园，更何况我这儿没什么可抢的。（按动床头灯的开关，灯没亮）

伊祖姆鲁多夫　（从浴室出来，用毛巾擦脸）我把插头拔了，以防万一。

　　[伊龙娜检查插头，把它插进插座，灯亮了。

　　怪了，怎么我用着就不行。

　　[突然响起巨大的电流声，伊龙娜吓得尖叫一声，跳到一旁。

　　（叫喊）小心！

　　[灯闪烁几下，熄灭了。

　　看见没？！

伊龙娜　插座接触不良了。（朝床头灯弯下身去）

伊祖姆鲁多夫　（大声）别碰它！求您了！我在剧院里被电过一次，膝盖抖了一周。

伊龙娜　我去告诉电工，让他过来瞧瞧。

伊祖姆鲁多夫　就是。（盯着包）您这是要出去？

伊龙娜　早晨送来了个犯痔疮的男人，正做手术呢。过会儿就有人把他送来，和您住一起。

伊祖姆鲁多夫　就不能让他住别的地方？

伊龙娜　都满着呢。我把他的东西存保管室了，可他让我把他的手提包拿到病房来。（指着提包）貌似很不错。（把包收进柜子）说是要找最好的外科医生，还只用进口药。

伊祖姆鲁多夫 我这儿他也住不下吧。

伊龙娜 没事儿，您这么善于交际，交个朋友嘛。对了，泌尿那边的检测结果已经出来了，您可以去拿。

伊祖姆鲁多夫 嗯，谢了。

伊龙娜 早饭后您得去看牙医，明天看眼科和营养科。

伊祖姆鲁多夫 趁着有机会，我把所有的检查都做一遍。

伊龙娜 那性学医生那儿也去一趟嘛，不久前才新开的诊室。

伊祖姆鲁多夫 呃……这就没必要了。如果我没记错的话，泌尿科应该在二楼吧？

伊龙娜 在215。

　　　　[伊祖姆鲁多夫走了。

　　　　[电视里传来新闻的片头音乐，主播的声音随后响起。

主播 大家好，欢迎收看今日新闻。莫斯科州检察官被暂停职务。联邦安全局和侦查委员会认为莫斯科州警察局和检察院涉嫌参与组建非法赌博机构并为之提供庇护……

　　　　[伊龙娜调大音量。

　　　　内务部高级官员因莫斯科州地下赌博丑闻遭到起诉……

伊龙娜 这些大官啊，什么时候才收得了手？

　　　　[衣袋里传出手机铃声。

　　　　（掏出手机，接听）喂……在电梯边？行了，马上到。

（迅速离开）

主播 莫斯科昆采夫区法院在进行公务检查时发现，法官助理长期伪造法庭决议。莫斯科市法院领导请求侦查机关验证此事真伪并研究是否提起刑事诉讼。莫斯科市法院新闻办公室主任于周五发布了此信息。

〔门打开，伊龙娜推着推车，拉兹尼茨基穿着白色的住院服坐在上面。

上述事件触及俄罗斯联邦司法权力的根基，需要仔细核验，让每一名犯罪分子都受到应有的惩罚。法院收受贿赂的总额……

〔拉兹尼茨基烦躁地冲着电视挥了挥手。

伊龙娜 （拿过遥控器，关掉电视）声音太大吵到您了？

〔拉兹尼茨基点头。

我理解您的感受，手术后都这样。请您尽量放松，什么都别想。（把推车向床边挪去）需要我帮您吗？

〔拉兹尼茨基小心地站起身。

您现在应该躺着，动作幅度不要过大，否则缝合处会开裂。

〔他点头。

这是我们最好的病房之一，大家都叫它"高级病房"。淋浴房、卫生间您可以随意使用，窗外是一片白桦林。病人们都喜欢开窗睡觉。床头上方有呼叫器，如果您有什么需要，我马上过来。很快您就会康复的，可能您自己都不太能感觉得到。待会儿我把早餐给您送来。

〔他点头。

提醒您啊，早餐是特制的。您得知道，痔疮手术听起来简单，实际上……

拉兹尼茨基 （小声）别说了。

伊龙娜 什么？

拉兹尼茨基 （稍微提高了音量）我说，别说了。

伊龙娜 对不起。（把推车推向门口）

　　　　〔电话铃声在某处响起。

　　　　（拿起手机；对着话筒）喂……喂……（看着手机，笑）好像不是我的手机在响。

　　　　〔铃声还在继续。

拉兹尼茨基 我的手提包在哪儿？

伊龙娜 什么？

拉兹尼茨基 （再大声一些）我的包在哪儿？

伊龙娜 对不起，我没想到是它在响。（跑到壁橱边，拿出提包递
　　给拉兹尼茨基）

拉兹尼茨基 （从包里掏出响个不停的手机，接通）喂……是……
　　你现在过来干什么？……行。十字路口有个写着"梅迪科医
　　院"的指示牌，从那儿往右拐，经过一片白桦林就是围墙和
　　停车场。把车停好后再找个人问问正门在哪儿。（对伊龙娜
　　说）我这病房是多少号来着？

伊龙娜 314 号病房，3 楼。

拉兹尼茨基 （对着话筒）第 314 号病房，3 楼。行了。（挂断电话）

伊龙娜 从电梯出来左拐。

拉兹尼茨基 这人叫菲利克斯，他上来之后把他带到我这儿。

伊龙娜 您术后需要休息。

拉兹尼茨基 给我做手术的医生技术好吗？

伊龙娜　我们医院所有的医生……

拉兹尼茨基　我说的不是医院，是那个对我屁股动了刀的外科医生。

伊龙娜　他是最优秀的医生之一！

拉兹尼茨基　感觉好像有什么东西被落在我身体里了。

伊龙娜　经常在切除……

　　　　〔拉兹尼茨基的电话响了。

拉兹尼茨基　（看着来电显示，迅速接通电话）是我，鲍里斯·弗朗采维奇……（高兴）钱到了？非常好。我生了点儿病……普通的感冒。下周我肯定会到你们银行去。再见。（挂断电话）

伊龙娜　如果有什么不适，我可以叫医生来。

拉兹尼茨基　您怎么称呼？

伊龙娜　伊龙娜。

　　　　〔拉兹尼茨基的电话再次响起。

拉兹尼茨基　（对着话筒）罗拉，是我……（不耐烦）我很好！你说一个半小时之前才在屁股上动过刀的人会有什么感觉？我没喊，我只是被你的愚蠢惊到了。你在哪儿？……商店里？！我就知道。（挂断电话）那个谁，呃……

伊龙娜　伊龙娜。

拉兹尼茨基　对……我的东西呢？

伊龙娜　在保管室，已经登记了。（从柜子里拿出一套住院服）如果需要，您可以穿这套衣服。

拉兹尼茨基　（一脸嫌弃地检查衣服）干净的吧？

伊龙娜　医院里所有的东西都要定期清洗。至于个人卫生问题……

拉兹尼茨基 （打断）您可不像护士，倒像个卖广告的。（穿上住院服，望着第二张床，用手指着它）这是什么？

伊龙娜 床。

拉兹尼茨基 谁的？

伊龙娜 叶甫盖尼·鲍里索维奇的。一周前因为腹股沟疝气住的院。

拉兹尼茨基 我对他的诊断结果不感兴趣。他在这儿做什么？

伊龙娜 术后治疗啊。对了，他可是个功勋演员。

拉兹尼茨基 我应该有单独的病房！

伊龙娜 他下周就出院了。

拉兹尼茨基 我和你们领导打过招呼的。

伊龙娜 病房的情况并不会随时通知行政那边。

　　　　〔拉兹尼茨基从包里掏出钱夹，拿出张纸币递给伊龙娜。

　　　　这是？

拉兹尼茨基 5000卢布。给你一个小时，把单人病房准备好。

伊龙娜 不可能，都占着呢。

　　　　〔拉兹尼茨基又拿出一张纸币。

　　　　医院里严禁……

　　　　〔他又添了一张。

　　　　（大声地吞口水）……工作人员收取……

拉兹尼茨基 整个国家的人都在收，你们这儿居然不让？

伊龙娜 很抱歉。（把推车推向门口）

拉兹尼茨基 （收好钱）端杯咖啡过来。

伊龙娜 您的食谱中没有咖啡。

拉兹尼茨基　我没咖啡不行！

伊龙娜　我马上给您端份粥来。（离开）

　　〔拉兹尼茨基从包里拿出香烟，边抽边在病房里踱步，拿起遥控板，打开电视。

主播　（男声）昨日侦查委员会逮捕了数名莫斯科东北区的官员，他们多年以来敲诈勒索……

　　〔拉兹尼茨基换台。

主播　（女声）……一诈骗团伙被曝光，其成员多次伪装成社工诓诈退休老人，已经犯下数十起……

　　〔拉兹尼茨基换台，歌声响起："我们的工作又险又难，还不被关注……"

拉兹尼茨基　（关闭电视）都疯了！（小心翼翼地走到桌旁，拿过水杯，从包里取出一瓶白兰地，倒上一杯，边喝边品，喝完把酒瓶放进床头柜，按动手机键盘）喂……米哈伊尔·伊万诺维奇……我是拉兹尼茨基……你昨天去市政府开会了么？……那和"巨人建筑"签的合同提没提交你知道吗？没听说啊……那你能不能去了解一下？你在那儿不是有个熟人嘛……当然，我也很着急，我们司准备了……是啊，没弄呢，心脏都抽紧了。我现在住院，得过一周才能出院……先谢谢了，等你回话。（挂掉电话，使劲地吸了一口烟，想找个地方把它扔了，没找到，于是拿着烟走进厕所）

　　〔伊祖姆鲁多夫拿着几张纸走进病房，满脸嫌恶地东嗅嗅西嗅嗅，打开窗户，拿起报纸，挥舞着驱赶烟雾。厕所里传出抽水马桶声，拉兹尼茨基走了出来。

伊祖姆鲁多夫 （微笑）您好。多么出其不意的见面呐。

拉兹尼茨基 对不起，我见到您并不开心。他们答应要给我一个单间，结果……

伊祖姆鲁多夫 没事儿。说实话，一个人相当无聊。我这一周过得就和蹲监狱的犯人一样。（恭敬地鞠躬）叶甫盖尼·鲍里索维奇·伊祖姆鲁多夫。

拉兹尼茨基 维克托尔·拉兹尼茨基。

伊祖姆鲁多夫 我见过您的样子。您是演员？

拉兹尼茨基 上帝啊，谁说的。

伊祖姆鲁多夫 怎么了?! 我就是个功勋演员，没什么啊。

拉兹尼茨基 挺好。

伊祖姆鲁多夫 （亮出报纸）总统在接受记者们采访时说了，腐败亡国。您看到了没？

拉兹尼茨基 没。

伊祖姆鲁多夫 （朝放着棋盘的桌子点点头）会下国际象棋吗？

拉兹尼茨基 会，下得不好。

伊祖姆鲁多夫 （笑）我也是，而且棋子都不够。（笑）侵吞国有财产的事儿层出不穷，看新闻的时候简直毛骨悚然。

拉兹尼茨基 所以我不看新闻。

　　　　［他的手机响了。

　　　　（朝话筒）喂，米哈伊尔·伊万诺维奇……没人知道？没问问那些搞经济的吗？"巨人建筑"的文件还是经过他们协调的……（抽出根烟，开始吸烟）

伊祖姆鲁多夫 （轻声）您父称是什么？

拉兹尼茨基 （单手掩住话筒）谢尔盖耶维奇。（对话筒）哎，行吧，没有就没有……再见，一切顺利。（挂断电话）

伊祖姆鲁多夫 维克托尔·谢尔盖耶维奇，您，这个，请原谅我，但是在医院里严禁抽烟。

拉兹尼茨基 啊……对……抱歉啊，我习惯了。（找可以扔香烟的地方，没找到，直接把烟扔出窗外）

伊祖姆鲁多夫 还有，医院的管理人员让我们别把东西扔出窗外。楼下长着刺梅，告示还在这儿贴着呢。（把帘子拉开，露出墙上的告示）

拉兹尼茨基 没注意。

伊祖姆鲁多夫 您得的什么病啊？

〔拉兹尼茨基的手机响了。

拉兹尼茨基 （接通电话）是，菲利克斯……我说过了，从指示牌往右拐。（挂断电话，小声说）蠢货。

伊祖姆鲁多夫 （没听清）什么？

拉兹尼茨基 （大声）想喝白兰地吗？（从床头柜拿出一瓶）据说麻醉后喝这个有好处。

伊祖姆鲁多夫 （摊开双手）谢谢，不过……（摸了摸自己的肚子）

拉兹尼茨基 您随意。（给自己倒了一杯，边喝边把瓶子收进床头柜）

伊祖姆鲁多夫 我在别墅挖一棵老苹果树……抻的方法不对，于是……就疝气了。儿子给办的手续让我来这儿住院，说这里的外科不错。我儿子也是医生，俄罗斯最优秀的言语治疗师。

拉兹尼茨基 哪儿能抽烟？

伊祖姆鲁多夫 厕所里有个吸烟角。往左走，就在走廊那头。

155

拉兹尼茨基　谢谢。

伊祖姆鲁多夫　我以前也抽烟，尤其是排练的时候。如果是主角那更不用说！哈姆雷特！梅什金公爵！我还演过维尔什宁。可就在一个美好的日子……（拍自己胸口）之前做过荧光透视没？

拉兹尼茨基　没印象。（躺在床上）

伊祖姆鲁多夫　做一个吧。咱们这个年纪……我在这儿做全身检查呢，儿子非让我做。（指着体检表）看，泌尿科医生今天写了：正常。明天得去看眼科和营养科。强烈建议您也做一个。

拉兹尼茨基　通常只有助理才会给我提建议，而且还是在我问他们的时候。

伊祖姆鲁多夫　（茫然）啊……这样啊。

　　〔拉兹尼茨基电话响了。

拉兹尼茨基　（对话筒）喂，罗拉……314……不，不是单间……不知道你那扎瓦尔斯卡娅怎么打招呼的。（挂断电话）

伊祖姆鲁多夫　您妻子？

　　〔拉兹尼茨基点头。

　　我是个鳏夫，都八年了。

拉兹尼茨基　各有好处吧，谁知道呢。

伊祖姆鲁多夫　儿子跟我住一起，我们在碧比列沃有套三居室的房子。还有儿媳妇和俩孙子。

拉兹尼茨基　不错啊。

伊祖姆鲁多夫　嗯哼……现在他们都在别墅熬果酱呢。今年苹果结了无数。我那儿可都是良种。冬天我们喜欢……你一打开罐子，哇，满屋飘香。我们做果泥，酿苹果酒。找机会请你也尝尝。

　　　　［拉兹尼茨基从床上起身，在病房里缓慢地踱着步。

　　　　疼？

拉兹尼茨基　痒。（打开提包，拿出一包文件，戴上眼镜仔细翻阅
　　这些文件）

伊祖姆鲁多夫　您干哪行的？

拉兹尼茨基　当官的。

伊祖姆鲁多夫　我感觉也是。您多大了？

　　　　［拉兹尼茨基不吭声，聚精会神地看文件。

　　　　诶，有孙子了吧？

　　　　［拉兹尼茨基不说话。

　　　　（局促）我是不是干扰到您了？

拉兹尼茨基　我需要处理些文件。

伊祖姆鲁多夫　抱歉。

拉兹尼茨基　没关系。

伊祖姆鲁多夫　住一块儿就得交流交流。

拉兹尼茨基　我们可以不交流。

伊祖姆鲁多夫　（不知所措）啊……是啊。当然。（打个嘴巴"上
　　锁"的手势，躺在自己的床上）

　　　　［拉兹尼茨基抓起香烟和手机走出门去。伊祖姆鲁多夫站
　　起身来，盯着房门，走到拉兹尼茨基的床头柜旁边，拿起杯
　　子陶醉地闻着，然后打开床头柜，抓住瓶子……伊龙娜突然
　　走了进来，伊祖姆鲁多夫关上柜子，抓起报纸，假装正在驱
　　赶烟雾。

伊龙娜 电工午饭后过来。

伊祖姆鲁多夫 非常好。

伊龙娜 他呢？

伊祖姆鲁多夫 出去了。

伊龙娜 （悄声）我才搞清楚，他居然是个土地规划司的大领导。

伊祖姆鲁多夫 从现在起，只要他出现，我就是在马桶上也会起立迎接。

伊龙娜 我丈夫已经失业三个月了。可能可以……

伊祖姆鲁多夫 什么？

伊龙娜 悄悄给他说下嘛，万一能把我丈夫安排到他们单位去呢。

伊祖姆鲁多夫 当副司长么！

伊龙娜 叶甫盖尼·鲍里索维奇，您也就随口说两句，我这儿可得打两份工呢。一天在这儿，一天在军医院。他可以去当个水管工之类的，有技术。

伊祖姆鲁多夫 把他当了吧，可能钱还多点儿。

伊龙娜 您早饭后安排了理疗，别忘了。（离开）

　　[伊祖姆鲁多夫瞄了瞄门外，小心地接近拉兹尼茨基的床头柜，拿出白兰地，打开，沉醉地闻着。门外传来拉兹尼茨基的声音，伊祖姆鲁多夫把瓶子放回原位，跑进厕所。门打开，拉兹尼茨基一手拿着烟，一手拿着电话走进屋内。

拉兹尼茨基 （用不大的声音打电话）谁说的？……律师？见鬼……他没搞错吧，被查的真的是"巨人建筑"？那儿还有个什么"巨能建筑"公司，名字很像……就是"巨人建筑"？……（掏出根烟，开始抽）好了，米哈伊尔·伊万诺维奇，谢谢你。等我出院咱们立即开始。

　　〔伊祖姆鲁多夫从厕所走出来，看见正在抽烟的拉兹尼茨基，按下呼叫铃，一直按着，很久都不放开。

　　我还好……问题现在不在这儿。行了，我没法再接着聊了。再见。（挂断电话）

　　〔伊龙娜快步走进病房。

伊龙娜　怎么了?!

伊祖姆鲁多夫　伊龙娜，您能不能站在官方的角度告知我的病友，公共病房禁止吸烟!

伊龙娜　您可真是吓到我了。（对拉兹尼茨基说）维克托尔·谢尔盖耶维奇，我们这儿不能吸烟。

拉兹尼茨基　（悻悻然）妈的……（把烟扔出窗外）

　　〔伊祖姆鲁多夫冷笑，拉开窗帘，亮出告示。

伊龙娜　还有，请不要把垃圾扔出窗外，外面种着刺梅呢。

拉兹尼茨基　忘了，抱歉。

伊祖姆鲁多夫　（对伊龙娜说）还要请您转达一下，在解决了基本需求之后，体面的男士会把马桶圈掀起来。

伊龙娜　（对拉兹尼茨基说）维克托尔·谢尔盖耶维奇……

拉兹尼茨基　（打断）我耳朵没聋!

伊祖姆鲁多夫　（对伊龙娜说）请以我的名义感谢维克托尔·谢尔盖耶维奇。

伊龙娜　（对拉兹尼茨基说）谢谢。

拉兹尼茨基　（气愤）我听见了!（躺在床上）

伊龙娜　（对拉兹尼茨基说）您感觉如何?

拉兹尼茨基　如果有单间我会好很多。

　　〔伊龙娜摊开双手，离开。伊祖姆鲁多夫拿起报纸，躺在床上开始阅读。拉兹尼茨基的电话响了。

拉兹尼茨基　（对着话筒）喂……314 号房。（挂断电话，大声喊）白痴！

伊祖姆鲁多夫　（从床上跳起）您怎么敢这样?!

拉兹尼茨基　（莫名其妙）什么?!

伊祖姆鲁多夫　（歇斯底里）我咽不下这口气！就他说这话，得给他两巴掌！

　　〔伊龙娜推着送餐车走进屋来。

　　（大声）伊龙娜，我请求您！我要求您！把我和这个蛮子隔开！

伊龙娜　（茫然）让他去哪儿?

伊祖姆鲁多夫　您自己想。（捂住心脏,嘶着声音说）伐力多①！（夸张地倒在床上）

　　〔伊龙娜跑到床边，把药递给伊祖姆鲁多夫，他把药含在舌头下面。

　　（声音轻细，s 和 sh 有些不分）给我换个地方。到值班室去……去走廊上！随便去哪个灌肠室都行！

伊龙娜　怎么了?

伊祖姆鲁多夫　（大声）我年纪一大把了，居然还有人骂我白痴！

　　〔伊龙娜吃惊地看向拉兹尼茨基。

_____

　　①　伐力多（validol），药名，异戊酸薄荷醇酯，治疗心脏病的特效药。

拉兹尼茨基　我没骂。

伊祖姆鲁多夫　（大声）那就是我在胡说八道?!

伊龙娜　别着急，叶甫盖尼·鲍里索维奇。

伊祖姆鲁多夫　不光蛮不讲理! 还撒谎!

伊龙娜　（把餐食放在桌上）维克托尔·谢尔盖耶维奇，燕麦粥。

拉兹尼茨基　从小就讨厌那玩意儿。

伊龙娜　还有水果甜汤。

伊祖姆鲁多夫　（呻吟）伊龙娜，我需要治疗。

伊龙娜　叫医生来吗?

伊祖姆鲁多夫　暂时不用。

拉兹尼茨基　（对伊龙娜说）您走吧，我们自己会解决。

　　　　〔伊龙娜转身离开。

伊祖姆鲁多夫　伊龙娜，再待会儿吧。有您在我会平静很多。

　　　　〔伊龙娜走近伊祖姆鲁多夫，摸他的脉搏。

　　　　（轻声）每次有人明摆着要流氓我都会不知所措，动弹不得。

伊龙娜　我明白。

伊祖姆鲁多夫　您的手指真漂亮。

伊龙娜　您之前说过了。

伊祖姆鲁多夫　什么时候?

伊龙娜　上周，那会儿我正在领您的检验报告。

拉兹尼茨基　对不起。

伊祖姆鲁多夫　地球上怎么会有这种人?

拉兹尼茨基　我道过歉了。

伊龙娜 要量血压么？

伊祖姆鲁多夫 不用，我感觉它已经超标了。

伊龙娜 叶甫盖尼·鲍里索维奇，我得去发早餐。

伊祖姆鲁多夫 我好些了，谢谢。

伊龙娜 去吃点东西吧。

伊祖姆鲁多夫 看我能不能走得过去吧。

〔伊龙娜推着车离开。停顿。

拉兹尼茨基 我骂的是菲利克斯，我的助理。

〔伊祖姆鲁多夫轻轻呻吟。

真是令人遗憾的误会。抱歉。

〔伊祖姆鲁多夫慢慢地从床上起身，煞有介事地捂着胸口，走出门去。

（静静地跟在后面）小丑，妈的。（拿起餐盘，仔细研究里面盛放的燕麦粥，闻了闻，皱起眉头把它端进厕所）

〔有人轻声敲门，一个年轻人拎着包在门口向里张望。菲利克斯来了。

菲利克斯 （轻声）对不起……这是第 314 号病房吧？（再仔细瞧瞧）维克托尔·谢尔盖耶维奇……

〔响起马桶冲水声，拉兹尼茨基端着空盘子从厕所走了出来。

（大吃一惊）您……还走得动呐？！

拉兹尼茨基 没有，我用耳朵爬呢。

菲利克斯 可拉丽萨·彼得罗夫娜说您心脏病犯了。

拉兹尼茨基 我让她这么说的，实际上没那么严重。

菲利克斯 （大声）感谢上帝！

拉兹尼茨基　别嚷嚷。有要紧事吗?

菲利克斯　当然有!（从提包里掏出个大文件袋）周一您有三个公司得去税务局报增值税,您一个字都还没签呢。(把文件逐一放在桌上)

拉兹尼茨基　反正都是假的,你自己随便划拉几笔不就得了。

菲利克斯　会计这么干可是要蹲监狱的。

拉兹尼茨基　笔给我。

菲利克斯　(指给拉兹尼茨基看)这儿签彼得罗夫,这儿签伊万诺夫,这儿签西多罗夫。(从衣袋里拿出钢笔,递给拉兹尼茨基)

拉兹尼茨基　(签文件)你就想不出点儿新鲜的名字?

菲利克斯　刚有点儿紧张,以为再也见不到您了。

　　　　[拉兹尼茨基朝边上呸了三声。

　　　　您怎么了?

拉兹尼茨基　整容。(掏出白兰地,往杯子里倒)

菲利克斯　(仔细观察拉兹尼茨基的脸)也没什么变化啊。

拉兹尼茨基　银行给我打电话说"巨人建筑"今早已经把钱打过来了,过会儿告诉你这钱怎么花。

　　　　[菲利克斯手机响。

菲利克斯　(接电话)喂,妈……我每五分钟都要打一次,打不通啊。可能换卡了吧……(忍住泪水)我不知道还能怎么办。我去朋友们那儿挨个儿找找吧……我?我在医院呢……别叫别叫,工作上的事儿。维克托尔·谢尔盖耶维奇整了容。

　　　　[拉兹尼茨基从文件上抬起头来,一根手指在太阳穴处打转。

（看着他）呃……对不起啊妈，我弄错了。他得的是心肌
梗死。

［拉兹尼茨基把笔扔了。

不不，是中风。

［拉兹尼茨基捂住脑袋。

哎，就是脑袋出了点儿问题……行，我给他带好……我
没事儿。拜拜。（挂断电话）我妈让我给您带个好。

拉兹尼茨基 （大声）谁给你的胆子让你这么说话的，蠢货?!

菲利克斯 我难受。（忍住眼泪，咳嗽）有没有什么喝的可以润下
喉咙？

拉兹尼茨基 （把杯子递过去）白兰地。

菲利克斯 我开车。

拉兹尼茨基 那就水果甜汤。（拿起倒满水果甜汤的杯子，递给菲
利克斯）

［菲利克斯边喝边用手指把水果挑出来扔进嘴里。

出什么事了?!（大声吧唧嘴）

菲利克斯 （重重地出一口气）我老婆跑了！（掏出手帕擦脸，大
声擤鼻涕）整一周她都跟变了个人一样，为点儿鸡毛蒜皮的
事要死要活。您知道的吧，她不喜欢我吃东西的样子。

拉兹尼茨基 就你那吃相的确很恶心。

菲利克斯 前面五年她都没怎么样！（把头往后仰）对不起，我担
心眼泪把隐形眼镜冲出来。为了不惹她生气，我昨晚到我妈家
睡的。早晨回家想和好……她的东西已经没了，只在桌上留了
张字条。（从口袋里拿出字条，递给拉兹尼茨基）就这！

拉兹尼茨基 （拿起来读）"我……恨。怪物。让娜。"

菲利克斯 怎么样？

拉兹尼茨基 "我恨"都写得连一块儿了。

　　　　〔伊龙娜走进病房。

伊龙娜 人已经到了啊？我还站电梯旁边等呢。（对菲利克斯说）您好。

菲利克斯 （点头）我走楼梯上来的。

伊龙娜 （发现白兰地）维克托尔·谢尔盖耶维奇，您绝对不能喝酒！如果医生看见了……

拉兹尼茨基 他看不见。（把瓶子收进床头柜）我朋友家里出事儿了。

　　　　〔菲利克斯流着泪，抓起杯子一口喝干。

伊龙娜 （看见空盘子）粥都吃了？

拉兹尼茨基 倒马桶了。

伊龙娜 （收起盘子）医生们想知道您感觉如何？

拉兹尼茨基 让他们暂时别来烦我。

　　　　〔伊龙娜离开。

菲利克斯 我很绝望。

拉兹尼茨基 你的让娜会回来的，她没地儿可去。（拿来酒瓶，倒入白兰地，送到嘴边）

菲利克斯 （突然说）她有个情夫。

　　　　〔拉兹尼茨基慢慢地将杯子放回桌上。

　　　　（从兜里拿出领带）看。我在她车上找到的，我伸手到座椅下面，那儿……对了，这可是"阿玛尼"的，贵得吓人。

拉兹尼茨基 女人有时会戴男士领带。现在很流行。

菲利克斯 我戴绿帽子了，维克托·谢尔盖耶维奇！（把领带套到脖子上，拿起酒杯喝酒）

拉兹尼茨基 够了。（把杯子收进床头柜）你得开车。

菲利克斯 （一拳捶在桌上；歇斯底里）我要杀了他，就用这根领带勒死他！坐牢就坐牢！

拉兹尼茨基 别说胡话。签完了，拿走。（躺上床）我需要休息。（拿起遥控板打开电视）

菲利克斯 （收起文件，把它们塞进包里）对不起，以防万一我现在先上个厕所。（走进厕所）

主播 （从电视机中）一位不愿公开姓名的人士透露，大型建设集团"巨人建筑"近日被查抄了大量文件……

　　　　〔拉兹尼茨基一跃而起。

　　　"巨人建筑"总部被查封，数名工作人员被捕。多年来，公司在莫斯科及莫斯科州的修建业务推进得十分顺利。据知情人士透露，这一切都要仰仗公司返还给莫斯科官员的高额回扣。该消息暂时还没有得到官方确认，我们会继续为您跟踪报道。

　　　　〔音乐响起。

菲利克斯 （从厕所出来）谢谢，再见。（抓起手提包离开）

　　　　〔拉兹尼茨基的手机响了，他调低电视音量，迅速接通。

拉兹尼茨基 喂……米哈伊尔·伊万诺维奇……我刚听新闻……（激动）当然了，一群败类，公司装得还挺像那么回事儿。谁能想到会这样？！总统可说了，贪钱的要用火烤……对，合同还没上报市政府。我相信检察院能把一切都调查清楚。再见。

（挂掉电话，在病房里焦急地走来走去）见鬼……见鬼……
见鬼……

［伊龙娜走进病房，手中的托盘里放着一个盘子。

伊龙娜 医生允许您吃一点荞麦。

拉兹尼茨基 把我的东西拿来。我要出门。

伊龙娜 不可能。出院后保管室才会归还您的物品。批条上还得
让院长签字盖章。

拉兹尼茨基 （厉声）那就签啊！

伊龙娜 很遗憾，明天院长才会在。（离开）

拉兹尼茨基 我就预感到会是这样。

［菲利克斯回来。

菲利克斯 抱歉，我忘拿钢笔了。

拉兹尼茨基 菲利克斯！你回来的正是时候！我们有麻烦了。

菲利克斯 还有麻烦？

拉兹尼茨基 （悄声）早晨"巨人建筑"打过来笔钱，刚新闻里说
检察院把它们办公室查封了。

菲利克斯 如果他们找到了支付凭证的附件，您就完了。

拉兹尼茨基 是我们完了！那上面可都是你的签名。

菲利克斯 （短暂沉默之后）我妈警告过我……跟着您我迟早会进
监狱！

拉兹尼茨基 别乌鸦嘴！快想办法！

菲利克斯 赶紧把现金取出来存保险柜里，再把公司注销了，不
留一丝痕迹。

拉兹尼茨基 你真是天才！（掏出手机）我给经理打电话，告诉他

167

你现在就过去。

菲利克斯 为什么是我?!

拉兹尼茨基 因为我的东西在保管室!我不能穿着身住院服去银行。

菲利克斯 数额大吗?

拉兹尼茨基 50 万吧。

菲利克斯 (扫兴)这么着急就为了 50 万卢布?

　　〔拉兹尼茨基用手指在太阳穴处画圈。

　　(惊讶)欧元?!

拉兹尼茨基 动作快点。

菲利克斯 不。

拉兹尼茨基 为什么?

菲利克斯 我害怕,从来没经手过这么多钱。

拉兹尼茨基 你会喜欢的。(把菲利克斯推出房门,掏出手机,按动键盘)喂……银行吗?您好,我找鲍里斯·弗朗采维奇?我是拉兹尼茨基……明白了。那等他有空了请让他马上给我回电话。我很着急……谢谢。(挂断电话,在病房里焦急地走来走去,拨电话)

　　〔门轻轻打开,一名穿着迷你短裙的年轻姑娘站在门口,手里还拎着个袋子。

让娜 (怯生生)对不起。

拉兹尼茨基 (眼睛都不抬,厉声说)我说了别烦我!

让娜 爸比,是你吧?

拉兹尼茨基 (吓了一跳,转过身来)让娜?!(跑到门边把女孩拉进病房,小心地观察走廊,然后把门牢牢关上)

让娜 （害怕）告诉我，你是不是遇到了什么可怕的事情？

拉兹尼茨基 你来干什么？！

让娜 我们已经两周没见了。手机打不通，秘书也没替我转接。我实在没办法只能在菲利克斯的手机里找到了你老婆的号码，她说你在这儿。

拉兹尼茨基 你给罗拉打电话了？！

让娜 （点头）我说我是你的新秘书。

拉兹尼茨基 我没有新秘书！

让娜 那我还能怎么办？！（哭泣）你不要我了？我接受不了！（泪眼婆娑）我要去死。

拉兹尼茨基 别闹了。你有丈夫。

让娜 我不要他了。

拉兹尼茨基 我知道。他刚来过。

让娜 （吃惊）菲利克斯？

拉兹尼茨基 他是我的会计。而且他来的时候拿着我的领带。

让娜 可能在车里找到的吧。（笑）你把它落车里了，就我们最近一次……在我的"雪铁龙"里，还记得不？你当时还说你正在离婚。

拉兹尼茨基 小点儿声！

让娜 你不要我了吗？

拉兹尼茨基 让娜，这里是医院！

让娜 你还是没告诉我你在这儿干什么。

拉兹尼茨基 陈年老疮犯了。

让娜 让我亲亲它，然后就没事儿了。

拉兹尼茨基　你会被传染的。你为什么离开菲利克斯？

让娜　他那么小气、又啰嗦，吃饭还吧唧嘴，和猪一样。和你一比所有的男人都黯然失色。（抱住他，亲吻）你不知道我有多想你。

　　　〔伊祖姆鲁多夫走进病房。

拉兹尼茨基　（迅速挣脱，换上另外一种语气）看吧，没发烧，你瞎担心什么呢。

伊祖姆鲁多夫　（皱眉）您好。（走到自己床前，拿过报纸躺在床上）

让娜　（茫然）你这不是高级病房？

拉兹尼茨基　暂时不是。

让娜　我会再来看你的。

拉兹尼茨基　不需要，这儿管得严。

让娜　（把袋子放在床上）我给你带了些水果，希望你早日康复。

拉兹尼茨基　谢了。我送送你，叶甫盖尼·鲍里索维奇需要休息。

让娜　可是，爸比……我们还没聊几句呢。

拉兹尼茨基　说再见。

让娜　（对伊祖姆鲁多夫说）再见。

伊祖姆鲁多夫　再见。

拉兹尼茨基　我会给你打电话。

让娜　什么时候？

拉兹尼茨基　嗯……

让娜　明天？

拉兹尼茨基　好！

让娜　（对伊祖姆鲁多夫说）您给我作证啊，他答应明天给我打电话的。

（跑向伊祖姆鲁多夫，把报纸拿走，在上面写了点儿什么，递给拉兹尼茨基）我的新手机号。送送我？（离开）

　　〔拉兹尼茨基把报纸还给伊祖姆鲁多夫，离开病房。

伊祖姆鲁多夫　（冲着门）欠教育！（看报纸）把总统的像都画花了。（缓慢起身，走到拉兹尼茨基的床头柜边）近墨者黑……（拿出那瓶白兰地，打开，贪婪地嗅着，喝了一口）

　　〔伊龙娜走进病房。

伊龙娜　您在干什么，叶甫盖尼·鲍里索维奇？！

伊祖姆鲁多夫　偷土豪的酒喝。

伊龙娜　您好意思？！

伊祖姆鲁多夫　好意思。他们压榨我们，我们也得尽可能反击啊。我这是在维护，嗯，社会平衡。（把瓶子亮给她看）再说了，这可是法国的，店里卖8000多呢。（闻瓶里的酒味）不想试试？

伊龙娜　我上班呢。

伊祖姆鲁多夫　有什么关系吗？

伊龙娜　（拿起杯子）就一点儿。

伊祖姆鲁多夫　（给伊龙娜倒酒）慢慢喝，品品这香味儿。（盖上瓶盖，把瓶子放回床头柜）

伊龙娜　（淡定地闻着杯子）祝您身体健康。（喝酒）

伊祖姆鲁多夫　怎么样？

伊龙娜　（沉默了一会儿）味道不错。

伊祖姆鲁多夫　他每天喝的可能都是这个。

伊龙娜 （展示盛粥的餐盘）我给他把燕麦粥换成了荞麦粥，他还是不吃。真难伺候。

伊祖姆鲁多夫 当官的嘛，好东西吃多了。

伊龙娜 您为什么要和他较劲啊？

伊祖姆鲁多夫 教他做人嘛。

伊龙娜 （收走盛粥的盘子）行了，我走了，还有一大堆工作呢。（离开）

　　　　［伊祖姆鲁多夫走到拉兹尼茨基床边，小心观察那个袋子。门突然开了，一个拎着大手提包的女人站在门口。这是罗拉。

罗拉 抱歉。

　　　　［伊祖姆鲁多夫吓得跳到一旁，假装在进行某种体育锻炼。

　　　　维克托尔·谢尔盖耶维奇·拉兹尼茨基在这儿吧？

伊祖姆鲁多夫 （大声）在，在。这是他的床。

罗拉 （走进来）抱歉我没有敲门。

伊祖姆鲁多夫 没什么，他出去了。（双手打转）我饭后锻炼呢。医生说这样可以帮助消化。

罗拉 我怎么觉得维克托尔·谢尔盖耶维奇住的应该是个单间。

伊祖姆鲁多夫 所有人都这么认为。

罗拉 还有谁？

伊祖姆鲁多夫 呃，比如他的女儿……

罗拉 什么女儿？

伊祖姆鲁多夫 一个穿短裙的金发姑娘，个子很高。他们刚一起出去了。

罗拉　去哪儿了？

伊祖姆鲁多夫　走廊上。

罗拉　维克托尔·谢尔盖耶维奇没有女儿。

伊祖姆鲁多夫　可她叫他"爸比"。

罗拉　他有个儿子，郭沙，出国了。

伊祖姆鲁多夫　（茫然）儿子……那您是？

罗拉　他老婆。拉丽萨·彼得罗夫娜。

伊祖姆鲁多夫　幸会。叶甫盖尼·鲍里索维奇·伊祖姆鲁多夫。我和他住一个病房。请坐。

　　　　[罗拉轻轻坐在门边的椅子上，拉兹尼茨基走进来，边走边打电话。

拉兹尼茨基　（没有注意到罗拉）您也看了新闻吧，鲍里斯·弗朗采维奇？简直措手不及……我确信他们会压下来的……银行不会遇到任何问题，我保证。我的会计马上就会到您那儿去……别注销账户，我们知道应该怎么做……鲍里斯·弗朗采维奇，太感谢您了。再见。谢谢您给我回电话。（挂断电话，擦额头上的汗水）罗拉？……我刚就感觉你会来，所以去接你了。

罗拉　去哪儿了？

拉兹尼茨基　电梯那儿。

罗拉　和谁？

拉兹尼茨基　我接自己老婆还要和谁一起吗？！当然就我自己。

罗拉　那女儿呢？

拉兹尼茨基 什么女儿？！

罗拉 那个叫你爸比的金发美女啊。（看着伊祖姆鲁多夫）有人是
这么给我说的。

拉兹尼茨基 （笑得很勉强）啊，金发美女……（看着伊祖姆鲁多夫）

　　　　[伊祖姆鲁多夫拿起报纸，装作自己在阅读。

　　　　医生刚才来过。她给我做了手术，所以来探视一下。我
长得像她爸，做手术的时候她一直问我："爸比，您疼不疼？"
对了，认识一下，罗拉，这位是叶甫盖尼·鲍里索维奇。功
勋演员！

罗拉 我们已经互相认识过了。

伊祖姆鲁多夫 （点头）幸会。

　　　　[罗拉的手机响了，她掏出手机，盯着屏幕。

拉兹尼茨基 你老公住院，你那儿的追求者都排长队了吧？

罗拉 银行发来的短信……我在店里刷了卡，现在扣款通知过来
了。我买了牙刷、牙膏、香皂。（从手提包里拿出几个小袋）
还有床单和被套、毛巾、家居服、马甲、拖鞋。我知道你特
嫌弃别人用过的东西。

拉兹尼茨基 谢谢你，罗拉。（脱掉住院服，穿上新家居服）

罗拉 和刚才简直完全不同。

拉兹尼茨基 我不留你了。（抓住她的胳膊肘，转向门边）

罗拉 你也没留过我啊。叶甫盖尼·鲍里索维奇，她多大？

伊祖姆鲁多夫 谁？

罗拉 医生。

伊祖姆鲁多夫 （慌张）这个……

拉兹尼茨基　你怎么问的问题这么蠢？叶甫盖尼·鲍里索维奇上哪儿知道去？50来岁吧。（对伊祖姆鲁多夫说）是不是？

伊祖姆鲁多夫　差不多。（慢慢走向门口）

罗拉　（对伊祖姆鲁多夫说）那她叫什么？

伊祖姆鲁多夫　（呆住）谁？

罗拉　医生。

伊祖姆鲁多夫　她啊……额……伊龙娜。

拉兹尼茨基　（害怕）您确定？

伊祖姆鲁多夫　是。

拉兹尼茨基　这下你满意了？

罗拉　（对拉兹尼茨基说）你们去哪儿了？

拉兹尼茨基　她指给我看那个……这个……她……（看着伊祖姆鲁多夫）

伊祖姆鲁多夫　换药室。

拉兹尼茨基　对，我得自己走着去换药。

罗拉　说什么梦话呢，自己走着去？

拉兹尼茨基　我记得这家医院可是你找的。

罗拉　扎瓦尔斯卡娅给我推荐的。院长是她熟人，她打过招呼了。我想和她谈谈。

拉兹尼茨基　和谁？

罗拉　和伊龙娜医生。我想了解一下手术的过程。

拉兹尼茨基　回家去。

罗拉　叶甫盖尼·鲍里索维奇，医生们都在哪儿？

伊祖姆鲁多夫　在值班室。就在走廊那头，拐角第二扇门就是。

罗拉 谢谢。那么，伊龙娜？

拉兹尼茨基 什么？

罗拉 医生的名字？

拉兹尼茨基 啊，是的。

罗拉 怎么感觉从你身上割下来的不是痔疮而是脑子呢。（离开）

　　　〔停顿。

拉兹尼茨基 （阴沉地看着伊祖姆鲁多夫）您这是在报复我？

伊祖姆鲁多夫 她都叫您"爸比"了，您说我会怎么想？

拉兹尼茨基 您就没想想别的可能？

伊祖姆鲁多夫 我不会再搭腔了。

拉兹尼茨基 这可是您自己说的。

伊祖姆鲁多夫 换药室还是我想出来的呢，您得感谢我。

　　　〔让娜突然冲进来。

让娜 （满眼含泪）爸比……有人把我的车偷了！

拉兹尼茨基 偷哪儿去了？！

让娜 不知道！我把车停在中门边上。刚出去一看，车没了。就
　　那辆黄色的"雪铁龙"，你送给我的。

拉兹尼茨基 我给你买辆新的。快走。（把让娜推向门边）

让娜 所有的证件和化妆品都在车里。

拉兹尼茨基 罗拉在这儿。赶紧走！

让娜 没车怎么走？

拉兹尼茨基 打车。

让娜 我连坐公交的钱都没有！

　　　〔拉兹尼茨基拿来钱夹，数出几张钞票递给让娜。伊龙娜

　　走进病房，手里端着托盘，盘里放着药。

伊龙娜　先生们，药拿来了，是什么药盒子上都有，可别弄混了。

　　（把托盘放在桌上）您好，姑娘。

让娜　（带着哭腔）您好。

伊龙娜　（对拉兹尼茨基说）您女儿？

拉兹尼茨基　侄女。我做了手术，为此她很难过。

伊龙娜　一切都很顺利。（看着病历本）维克托尔·谢尔盖耶维奇，医生给您开了针剂。

拉兹尼茨基　很好！（拉着让娜的胳膊把她带到门边）抱歉啊，还有些流程得走。谢谢你来看我。给亲戚们带个好，告诉他们我好多了。（把门微微打开，瞄了几眼走廊；突然受到了惊吓）见鬼！她过来了……

让娜　谁？

拉兹尼茨基　罗拉！（把让娜推进厕所，压低声音说）锁门！

　　　　〔门锁转动，罗拉走进病房。

罗拉　值班室一个人都没有，治疗室也是。这哪儿是医院，分明是个……（对伊龙娜说）对不起，您是？

伊龙娜　我？

罗拉　剩下的人我都认识。

伊龙娜　护士。

罗拉　幸会。请问在哪儿能找到伊龙娜医生？

伊龙娜　（吃惊）医生？

　　　　〔拉兹尼茨基在罗拉背后给她使眼色。

罗拉　给我丈夫做手术的那个医生。（指着拉兹尼茨基）

伊龙娜 （吃惊）伊龙娜给他做的手术？

罗拉 （对拉兹尼茨基说）怎么回事，这儿简直就是卡先科精神病院的分院！

拉兹尼茨基 医院的人不习惯这种腔调，人家有自己做事儿的节奏。

罗拉 所以我们国家死亡率才这么高！

伊龙娜 抱歉。（朝门走去）

罗拉 您叫什么名字？

伊龙娜 （茫然地四处看看）我？

罗拉 精神病应该不会传染吧。

拉兹尼茨基 她叫让娜！

伊龙娜 （吃惊）啊?! 我名字挺好听的吧！

罗拉 让娜，请问伊龙娜医生在哪儿？

伊龙娜 （望着拉兹尼茨基）我觉得她可能得过很久才来。

　　　　［拉兹尼茨基偷偷点头。

罗拉 为什么？

伊龙娜 在做一个复杂的手术。要截除一部分十二指肠，还要切除整个肛管内壁。

罗拉 （害怕）什么?!

伊龙娜 别紧张，我们医院的外科医生都是一流的。是不是，叶甫盖尼·鲍里索维奇？

伊祖姆鲁多夫 那是当然！

伊龙娜 伊龙娜是最好的医生！（对拉兹尼茨基说）维克托尔·谢尔盖耶维奇，您现在最需要的是静养，否则缝合处会开裂。（离开）

罗拉 （对伊祖姆鲁多夫说）您的手术也是伊龙娜做的？

　　〔伊祖姆鲁多夫不吭声，把脸埋进报纸。罗拉吃惊地望着
　　拉兹尼茨基。

拉兹尼茨基 他听力不好。

　　〔伊祖姆鲁多夫大声喘气，翻身朝向另外一边。

　　（对罗拉说）我看你还是回家去吧？

罗拉 我才来不到一会儿。

拉兹尼茨基 你听见护士说什么了吧？我最需要的是静养。

罗拉 你躺下，我给你套床被子。（走到床边，拆下被套，看见了
　　袋子）这是什么？

拉兹尼茨基 嗯？

罗拉 你床上那个袋子里装的是什么？

拉兹尼茨基 这个？水果。

罗拉 哪儿来的。

拉兹尼茨基 叶甫盖尼·鲍里索维奇给的。孩子们一大早就来看
　　他了。

罗拉 叶甫盖尼·鲍里索维奇，我丈夫不能吃水果。他才做了痔
　　疮手术。（从袋中掏出一个已经发皱的绿苹果，嫌弃地看着）
　　你已经吃过了？

拉兹尼茨基 还没来得及。

罗拉 碰都别碰！

拉兹尼茨基 叶甫盖尼·鲍里索维奇说这是优良品种，他自家花园
　　里种的。

罗拉 是吗？

179

〔伊祖姆鲁多夫大声哼哼着，从床上起身，走到桌旁给自己倒水喝。

能尝尝么，叶甫盖尼·鲍里索维奇？

〔伊祖姆鲁多夫一言不发，躺回床上翻报纸。

拉兹尼茨基　别了，脏着呢。

罗拉　（对伊祖姆鲁多夫说）吃个最小的吧。

〔伊祖姆鲁多夫不说话。罗拉惊讶地看着拉兹尼茨基。

拉兹尼茨基　演员都有点聋。

〔伊祖姆鲁多夫大声喘着气。

罗拉　我去洗。（拿着苹果朝厕所走去）

拉兹尼茨基　（拦住她）还是把它们拿回家吧。

罗拉　我怎么可能把别人的苹果拿回家。

拉兹尼茨基　他那儿多的是。

罗拉　我拿一个尝尝。（拿着苹果突然大声说）我能拿一个尝尝吗，叶甫盖尼·鲍里索维奇？

伊祖姆鲁多夫　（措手不及，一下子从床上坐了起来）请随意，拉丽萨·彼得罗夫娜。

罗拉　（把苹果递给拉兹尼茨基）放我包里。

〔拉兹尼茨基迅速执行命令。

（看了看自己的手，从包里掏出卫生纸擦了擦，走到厕所跟前，拧门把，吃惊地看着拉兹尼茨基）里面有人？

拉兹尼茨基　不知道，我才来。

罗拉　（大声对伊祖姆鲁多夫说）叶甫盖尼·鲍里索维奇，您的孩子在厕所里吗？

伊祖姆鲁多夫　不，不是我的孩子。

罗拉　奇怪。

拉兹尼茨基　门是不是卡住了？

罗拉　（用力拧）好像是从里边儿锁住了。（敲门）嘿……有人吗？
　　（倾身听）

拉兹尼茨基　罗拉，你放过厕所吧！

罗拉　可我想洗手。（冲门缝里喊）谁在里面？

拉兹尼茨基　（大声）没人！

罗拉　那就是被锁上了？

拉兹尼茨基　锁上了。

罗拉　为什么？

　　　　　〔停顿。

伊祖姆鲁多夫　（突然大声说）坏了！

罗拉　可我听见水流声了！

伊祖姆鲁多夫　马桶坏了，所以在流水。

拉兹尼茨基　（紧张地笑）啊对！您给我说过的，我都给忘了。（对
　　罗拉说）马桶坏了。

罗拉　这哪儿是个医院啊，简直就是个板房！

拉兹尼茨基　这得感谢你那位扎瓦尔斯卡娅。

　　　　　〔罗拉快步离开。

　　　　（跳到门边轻声说）让娜，开门，是我！让娜……（跑到
　　伊祖姆鲁多夫身边，一把夺过报纸，找到上面写的号码，飞
　　快拨通后再把报纸还回去）喂……（大声）开门，是我！

　　　　　〔厕所门开，让娜现身。

让娜　（害怕）我以为她要破门而入呢！

拉兹尼茨基　走，快点儿！

让娜　打车钱呢？

拉兹尼茨基　我给过你了！

让娜　没印象了。

拉兹尼茨基　再给你点儿。（拿出钱夹，数钱递给让娜）赶紧滚。（开门，小心观察门外的情况，把让娜推到走廊，关门）伤口可别崩开了。（躺回床上）

伊祖姆鲁多夫　就这种生活方式，可未必哟。

拉兹尼茨基　闭上你那乌鸦嘴！

伊祖姆鲁多夫　您得谢谢我。

拉兹尼茨基　给您深深鞠一躬，行了吧。

　　　　　　〔伊龙娜走了进来。

伊龙娜　您妻子正在值班医生那儿闹呢，说医院里连个厕所都不好使。

伊祖姆鲁多夫　真是个妙人呐！

　　　　　　〔伊龙娜打开厕所门走了进去。响起了抽水马桶的声音。

伊龙娜　（走出来）奇怪，马桶是好的啊。

拉兹尼茨基　有时候会出问题。

伊龙娜　最后进去的好像是您的侄女吧？

拉兹尼茨基　（意味深长地）这是您的错觉。

伊龙娜　（理解）啊，是啊……刚刚保安打来电话，说有人停了辆黄色的车在中门，就在禁停标志的下面。他们叫了清障车。这不是您妻子干的吧？

拉兹尼茨基 "雪铁龙"？

伊龙娜 好像是。

拉兹尼茨基 车牌号是 K012SR？

伊龙娜 可能吧。

拉兹尼茨基 不，不是她。

〔罗拉回来了，手里提着两个金属的尿壶。

罗拉 钳工马上就来！你们可以暂时用这个。（把一个尿壶放到拉兹尼茨基床下，另一个递给伊祖姆鲁多夫；大声说）叶甫盖尼·鲍里索维奇，这是给您的。

伊祖姆鲁多夫 让您费心了！

〔罗拉把第二个尿壶放到伊祖姆鲁多夫床下。

拉兹尼茨基 （傻笑）罗拉，你看，已经修好了！

罗拉 谁修的？

拉兹尼茨基 （指着伊龙娜）让娜。

罗拉 （对伊龙娜说）您怎么进去的？

伊龙娜 和平常一样，走门啊。

罗拉 （打开厕所门，朝里看）可它是锁着的！我拧过！

拉兹尼茨基 （茫然）您拧过？

伊龙娜 您可能拧的方向不对吧？

罗拉 我往两边都拧了！

拉兹尼茨基 呃，这个……呃……（看向伊祖姆鲁多夫）

伊祖姆鲁多夫 （大声）是我干的。

伊龙娜 什么？

伊祖姆鲁多夫 是我昨天用钥匙锁的门，我忘了告诉你们。

拉兹尼茨基 （对罗拉说）啊……是这样啊，叶甫盖尼·鲍里索维奇说是他用钥匙把门锁上的。

罗拉 为什么？

伊龙娜 是啊，为什么？

　　　　〔三个人同时看向伊祖姆鲁多夫。

伊祖姆鲁多夫 疯子！

罗拉 哪儿？

伊祖姆鲁多夫 （拿起报纸）在索科尔尼基公园里有个疯子专用锤子敲人头。我担心他要到我们这儿来。

　　　　〔大家相互交换眼色。

伊龙娜 叶甫盖尼·鲍里索维奇，以前您没遇到这种情况吧？

伊祖姆鲁多夫 我以前也没聋啊。

罗拉 （对伊龙娜说）我丈夫需要一个单间。

伊龙娜 那间得周五才空。

拉兹尼茨基 罗拉，我想住在这儿。

伊龙娜 （朝门口走去）是不是可以让钳工别来了？

拉兹尼茨基 当然，现在他来没什么用了。谢谢你，让娜。

伊龙娜 别客气，维克托尔·谢尔盖耶维奇。（离开）

拉兹尼茨基 （对罗拉说）看吧，都解决了。谢谢，叶甫盖尼·鲍里索维奇。

　　　　〔伊祖姆鲁多夫沉默。

　　　　你居然把整个医院搞得鸡犬不宁。

罗拉 我怎么知道叶甫盖尼·鲍里索维奇……会担心那个疯子。

拉兹尼茨基 回去吧，一切都会好的。

罗拉　我去道个歉。

拉兹尼茨基　去哪儿?

罗拉　值班医生那儿。(离开)

拉兹尼茨基　(跟在她后面,轻声说)傻子!

伊祖姆鲁多夫　您妻子可是个好人。担心您,关心您……您背叛她还不算!居然还侮辱她。

拉兹尼茨基　不用您教我怎么过日子,演员先生!

伊祖姆鲁多夫　对不起。我得失陪一段时间,去理疗。希望下次遇到这种矛盾的时候您能自己解决。(离开)

拉兹尼茨基　(轻声)去你的!(小心地躺回床上)

　　〔门开了,菲利克斯一身血污,慢慢走进屋来。

菲利克斯　(轻声)维克托尔·谢尔盖耶维奇?

拉兹尼茨基　(从床上跳起来)你应该在银行啊!

菲利克斯　没去成。

拉兹尼茨基　为什么?!

菲利克斯　我刚刚……杀了人!

第二幕

拉兹尼茨基焦虑地在病房里走来走去。菲利克斯坐在椅子上喝水，手一直在抖。

菲利克斯　我开车的时候不知不觉加了速。那人拿着警棍从绿化带里一蹦就出来了，直接跳到了我车轮下面。

拉兹尼茨基　没死吧？

菲利克斯　（检视自己）大概吧。

拉兹尼茨基　我不是说你！警察还活着？

菲利克斯　不知道！我开车走了。

拉兹尼茨基　我让你别喝酒！车呢？

菲利克斯　不要了。我从大路开到了条土路上，卡在了一个沟里。（歇斯底里）维克托·谢尔盖耶维奇，我会进监狱吧？

拉兹尼茨基　你动动脑子，不就弄死了个警察，弄死就弄死了，可你居然到处号叫说你杀人了杀人了。他们工作就这样，有什么办法。现在你最主要的任务是去银行。

菲利克斯　怎么去？

拉兹尼茨基　下楼，打车。

〔伊龙娜走进病房。

186

伊龙娜　抱歉，维克托尔·谢尔盖耶维奇，我来收托盘。（翻看）
怎么没吃药啊？（把托盘递过去）

　　　［拉兹尼茨基拿起药片吞下。

　　　刚刚门诊那儿接收了个警察。他被车撞了。

　　　［菲利克斯惊慌失措地大叫起来。

拉兹尼茨基　（小心地）致命吗？

伊龙娜　那倒没有。下肢骨折。

菲利克斯　（害怕，对拉兹尼茨基说）现在要怎么办？

伊龙娜　（对菲利克斯说）打石膏。在医院住三周。

拉兹尼茨基　谁都有可能遇到这种事。

伊龙娜　据说是个醉鬼开车撞的他，他还看到了那人的脸。来了
好多警察，又骂又叫，嚷嚷着要"拦截"什么的。

　　　［菲利克斯偷偷躲进柜子里。

拉兹尼茨基　伊龙娜，你们这儿有紧急疏散门吗？

伊龙娜　从安全技术的角度来讲应该有。

拉兹尼茨基　非常好。

伊龙娜　但去年它被堵上了。

拉兹尼茨基　怎么堵的？

伊龙娜　用电焊的！我们买了套做 CT 的设备，安装的时候缺了一
半零件。调查之后才发现是有人趁夜给偷走了。接着院长就
下了这个命令。您躺下休息吧。（离开）

　　　［拉兹尼茨基的电话响。

拉兹尼茨基　（接电话）喂……鲍里斯·弗朗采维奇……他还没到您
那儿啊？！奇怪。可能是堵车了吧……别着急，我现在就给他

打电话。（挂断电话，四处看看）菲利克斯！（看床下）菲利克斯，你在哪儿？

菲利克斯 （从柜子里向外张望，怯生生地）据说现在警察局里不准用刑了！（走出柜子）

拉兹尼茨基 （看向窗外）我有计划。

　　　　[有人大声敲门。

菲利克斯 （歇斯底里）是他们！（在病房里四处乱窜）他们跟过来了？！（冲进厕所，锁住厕所门）

拉兹尼茨基 （尝试着让自己冷静）进来！

　　　　[门口出现了一个穿白大褂、戴医生帽和医用口罩的女人。

女人 （压低声音）维克托·谢尔盖耶维奇在吗？

拉兹尼茨基 什么事？

女人 （压低声音）您要换药吗？

　　　　[女人把帽子和口罩摘掉，原来是让娜。

让娜 （大声笑）衣服很不错，是不是？

拉兹尼茨基 （扑向她）小点儿声！

让娜 （轻声）有人在睡觉？

拉兹尼茨基 你回来做什么？

让娜 手机落这儿了。我在楼下存衣处找到了这套衣服，就是为了让你家那个唠叨女人不要起疑。怎么样，我穿白色还不错吧？

拉兹尼茨基 手机在哪儿？

让娜 好像我最后一次说话是在那儿。（走向厕所）

拉兹尼茨基 （拦住去路）站住！厕所占着呢。

让娜　谁在里面啊？

拉兹尼茨基　叶甫盖尼·鲍里索维奇。

让娜　他没便秘吧？

拉兹尼茨基　所以才给他做了手术呢。

让娜　这个手机是你在圣诞节送我的，上面还嵌着水钻呢，记得吗？我很宝贝它的。

拉兹尼茨基　罗拉马上就回来了！

让娜　她该知道真相了。如果你害怕，那就由我来完成这个糟糕的使命。（压低声音）"亲爱的拉丽萨·彼得罗夫娜，我和维克托尔·谢尔盖耶维奇彼此相爱，请您原谅，不过……"

拉兹尼茨基　还不是时候！得办手续。

让娜　什么手续？

拉兹尼茨基　财产分割啊，或者你想我变成个乞丐和你在一起？

让娜　（叹气）行吧，我忍着。不过我已经迈出了第一步：（大声）离开了那个蠢货！

拉兹尼茨基　小声点儿！

让娜　（指着厕所门）他怎么了，睡着了？

拉兹尼茨基　老年人嘛，很有可能。你现在下楼去存衣处那儿等我。我把手机给你拿过去。

让娜　我听你的。爸比，我爱你。（拥抱、亲吻他）

　　　　〔伊龙娜探头进来。

拉兹尼茨基　（把让娜推开，对伊龙娜说）您也有什么东西忘了拿？

伊龙娜　第一件事！保安确认了……（读手上的字条）的确是辆黄色的"雪铁龙"，车牌号是 K012SR。

让娜　（高兴）是我的！它在哪儿？！

伊龙娜　在违章车辆的专用停车场。再就是……（看向走廊）您
　　妻子马上就到。（从门口消失）

　　　　［拉兹尼茨基抓住让娜，把她塞到伊祖姆鲁多夫床上，用
　　被子捂住。罗拉走进屋来。

罗拉　值班医生是个好人，他接受了我的道歉，请我吃糖还给你
　　的医疗费打了 9 折。（看着伊祖姆鲁多夫）呃……（悄声）叶
　　甫盖尼·鲍里索维奇在睡觉，我却像个疯子一样大喊大叫。

拉兹尼茨基　是啊……你现在最好回家。

罗拉　虽然他什么都听不见……不过还挺讨人喜欢的，穿得是难
　　看，可那一脸大胡子真不错。下次送他条领带好了。

拉兹尼茨基　从我那些里面随便挑一条吧。

罗拉　这种时候可不能吝啬。刚医生给开了账单（亮出账单），我
　　要去一楼结账。（从包里拿出钱夹，数钱）我怕我现金不够，
　　把你的卡给我，我去刷。

拉兹尼茨基　你自己有卡。

罗拉　我在商店里花得差不多了。

拉兹尼茨基　前不久我才给你存了一大笔钱。（从提包里掏出银行卡）

罗拉　"不久前"，维克托尔，这不久前可是一个半月之前。（把卡
　　拿走）而且，别告诉我 300 欧元是什么大钱。（向出口走去）

　　　　［伊祖姆鲁多夫从门口现身。

伊祖姆鲁多夫　（摇摇晃晃）第一次做完理疗感觉这么迷糊。

　　　　［罗拉诧异地看着伊祖姆鲁多夫，接着再看向他的床，然
　　后又盯着拉兹尼茨基。

可不能什么都喝啊。人也一样，不能啥人都交。怕就怕
金玉其外，败絮其中。（走到自己床边，看到床上那个盖着被
子的人形，疑惑地顿住，转身问拉兹尼茨基）这是？

拉兹尼茨基 这是？您妹妹？

伊祖姆鲁多夫 我没有妹妹。

拉兹尼茨基 表妹。她在睡觉。

伊祖姆鲁多夫 （把被子掀开了一点儿，看见了让娜的腿）啊，是
啊。现在知道了。的确是我妹妹。

罗拉 （轻声）那她为什么睡在您的床上？

伊祖姆鲁多夫 我也挺好奇这一点。

拉兹尼茨基 我也很吃惊。她走进来，说"我是叶甫盖尼·鲍里索
维奇的妹妹，我很累"，就躺下了。

罗拉 那为什么她穿着白大褂？

伊祖姆鲁多夫 （茫然）她……

拉兹尼茨基 是医生。

罗拉 什么？！

拉兹尼茨基 她在这间医院工作。叶甫盖尼·鲍里索维奇是托了她
的关系进来的。（对伊祖姆鲁多夫说）这可是您自己告诉我的。

伊祖姆鲁多夫 是么？

拉兹尼茨基 没有手术的时候她会来看他。

罗拉 这不会是伊龙娜医生吧？

伊祖姆鲁多夫 是的。

拉兹尼茨基 （低声向伊祖姆鲁多夫嘟囔）不是。

罗拉 （对伊祖姆鲁多夫说）您怎么不说话？

伊祖姆鲁多夫　我听不太清。

拉兹尼茨基　叶甫盖尼·鲍里索维奇，如果您愿意，您可以暂时睡我的床。

伊祖姆鲁多夫　我这人很挑剔的。（上床躺在让娜旁边）况且我和我妹已经习惯了。小时候爸妈经常让我们单独待在一块儿。（爬进被窝）给她弄点儿碎米粥，洗洗屁股，再抱着……呃……把她搂在怀里，就这么睡。（轻轻哼唱）"玩具们累了，它们在睡觉，书儿们也在睡觉……"（抱住让娜）"枕头和被子等待着大家的拥抱……"她小时候很可爱的。

罗拉　太感人了，叶甫盖尼·鲍里索维奇。

拉兹尼茨基　回去吧，罗拉，别打扰人家休息。

罗拉　（轻声）请转达您的妹妹，就说等她醒了之后我想和她谈谈。（离开）

拉兹尼茨基　（关好门，蹦到伊祖姆鲁多夫身边）您怎么会说这是伊龙娜？！

伊祖姆鲁多夫　别嚷嚷，我刚做完理疗。

让娜　（突然尖叫起来）您在干什么？！

　　　　　〔拉兹尼茨基一把掀开被子。

　　　　　（哈哈笑）他在挠我痒痒。

伊祖姆鲁多夫　抱歉，的确把您当我的妹妹了。看来我不仅是个聋子，还是个瞎子。

拉兹尼茨基　（把让娜从床上拖下来）下楼去。

让娜　爸比，如果叶甫盖尼·鲍里索维奇在这儿，那谁在厕所里？

伊祖姆鲁多夫　厕所怎么了，又占着了？

拉兹尼茨基 已经不重要了。（把让娜从病房里推出去，关好房门）

伊祖姆鲁多夫 "啊！我的上帝！难道终我一生，

都是为了欢笑？

遇到可笑之人我心情舒畅，

可我同时也会寂寞。"

拉兹尼茨基 您和我在一起不会寂寞，您只是嫉妒我。

伊祖姆鲁多夫 嫉妒什么？

拉兹尼茨基 嫉妒我有本事。除了别墅和碧比列沃那套房子，您可能没什么钱吧？

伊祖姆鲁多夫 生活就是这么惨淡。

拉兹尼茨基 我和你还不一样呢！咱俩差不多一个年纪。入少先队，入共青团。成天嚷嚷着"我们的目标是共产主义！""我们相信美好的明天！"我爸是工程师，我妈是技术员。我们早饭总吃小肠灌肠，午饭吃通心粉，甜点是"幸福童年"牌的人造黄油饼干。这种童年 90 戈比能买一公斤。穷得叮当响，理想倒有一堆。

伊祖姆鲁多夫 不喜欢理想？

拉兹尼茨基 我喜欢自由！自由就是钱！敬爱的祖国可欠了我不少钱。

伊祖姆鲁多夫 当心伤口，可别裂了。

〔伊龙娜出现在门口。

伊龙娜 叶甫盖尼·鲍里索维奇，您得去看牙医，没忘吧？

伊祖姆鲁多夫 忘了。（从床上起来）我今天简直跟没了魂儿一样。

"向前奔跑，

> 不回头，满世界寻找，
>
> 为所受的屈辱寻找一个角落！……
>
> 给我马车，马车！"（离开）

拉兹尼茨基 （走到厕所门边，大声敲门）菲利克斯！出来！

　　[菲利克斯谨慎地走了出来。

　　你时间很紧。

菲利克斯 我都明白了！

拉兹尼茨基 （眉心一皱）什么？

菲利克斯 我疯了。因为想她，所以把车开得飞快。因为想她，我昨天坐地铁去我妈家居然下错了站。就连刚才我坐在马桶上的时候，我都听到了让娜的声音。

拉兹尼茨基 都是幻觉，你神经太紧张了。

菲利克斯 我一定要把那个男人弄死！

拉兹尼茨基 先去银行。（把菲利克斯领到窗边）爬下去。

菲利克斯 什么？！

拉兹尼茨基 从窗户爬下去。

菲利克斯 （向窗外张望）为什么？

拉兹尼茨基 爬下楼打车去银行。

菲利克斯 我恐高。

拉兹尼茨基 总共就三楼！房檐那么宽。过两米就是消防楼梯，几步就到地面了。

菲利克斯 我会摔得粉碎的。

拉兹尼茨基 我给你把着。（拽着菲利克斯的领带）快点儿。

菲利克斯 （把手提包递给拉兹尼茨基，小心地爬上窗口，抓住阳台）如果我出了事……

拉兹尼茨基　我会替你照顾你妈。

菲利克斯　还有让娜。

拉兹尼茨基　那是自然。（把手提包塞到他腋下）

　　　　［菲利克斯侧身小心翼翼地移动，拉兹尼茨基把着他。罗拉和让娜走了进来。

罗拉　（大声）可算是逮到人了！

　　　　［拉兹尼茨基吓得回头看。

让娜　（凝重）您好。

　　　　［拉兹尼茨基取下领带，快速关上窗户。

罗拉　（对拉兹尼茨基说）你在干什么？

拉兹尼茨基　风太大，关窗户。

　　　　［菲利克斯在窗外绝望地挥舞着双手，可罗拉和让娜都看不见他。

罗拉　外面太阳可毒了，你还嫌风大？

拉兹尼茨基　太阳也很招人烦。（迅速用深色窗帘遮住窗户）可能是麻醉的后遗症吧。

罗拉　我正在等电梯去一楼交钱，伊龙娜医生刚好从你的病房出来，（指着让娜）我就把她给拦住了。

拉兹尼茨基　我不认为伊龙娜……（给让娜使眼色）医生喜欢这样。

　　　　［窗外传来菲利克斯刺耳的尖叫，而且他的叫声越来越远。

罗拉　（凝重）什么声音？

拉兹尼茨基　哪儿有声音？

罗拉　好像有人在叫。

195

拉兹尼茨基 是我……我在呻吟。（故意呻吟几声）有时候会突然疼几下。

罗拉 （给让娜说）他得这病很久了。不能坐不能站的，勉强撑到现在，终于做了手术。手术怎么样啊？

让娜 很顺利！

拉兹尼茨基 谢谢，伊龙娜，您可以走了。

　　　　〔让娜朝门口走去。

罗拉 （抓住她的手）那接下来怎么办？有什么需要注意的吗？

　　　　〔停顿。拉兹尼茨基紧张地看着让娜。

让娜 主要是……别紧张。

罗拉 我给他说过，可他也不听啊。从早到晚都在工作，休息日都在忙，逢年过节还要出差，就连圣诞节都跑去视察什么地籍工作了。到处都有人在号叫说当官的都是贪污犯，只知道挪用公款。你们在他们的位置上试试！都是没办法的事儿。

让娜 得注意啊。

罗拉 注意什么？

让娜 心脏。

罗拉 这和心脏有什么关系？

拉兹尼茨基 可能在手术的时候发现了很多问题吧。

让娜 嗯……开刀后发现的。

罗拉 （对让娜说）到底有什么问题？

让娜 心脏瓣膜损伤严重、心动过速、心绞痛。必须……做血管分流。

拉兹尼茨基 罗拉，这些都是医学上的术语。

罗拉　您给他做的什么手术啊?

让娜　我们做一个手术时通常会检查另外的地方。

罗拉　别的什么?

让娜　心肌。

罗拉　您是怎么看见他的心肌的?

拉兹尼茨基　新技术。科技每时每刻都在发展。

　　　　〔伊龙娜端着托盘走了进来。

伊龙娜　维克托尔·谢尔盖耶维奇,打针了。

拉兹尼茨基　(高兴)终于来了。

罗拉　(对伊龙娜说)您要给他打什么啊?

伊龙娜　止疼药啊。

罗拉　什么止疼药?

伊龙娜　(茫然)这个……医生开的。呃……(慌张)不记得了。

罗拉　(对让娜说)护士连给病人打什么药都不知道?!

伊龙娜　我已经两天没合眼了。您问的这些在治疗室那边都有
　　记录。

罗拉　(从伊龙娜手里拿过托盘,递给让娜)医生,快看看,这药
　　是对的吧?

让娜　(闻闻注射器)对的。

罗拉　请给他打吧。

拉兹尼茨基　罗拉,这……

伊龙娜　一般都是护士在打针。

罗拉　我不明白这儿为什么要雇你这种人!(对让娜说)请吧,
　　医生。

　　　〔让娜拿过注射器，害怕地看着伊龙娜，伊龙娜摊了摊手，走到一旁。

　　　真后悔让你来这儿。今天我就给扎瓦尔斯卡娅打电话，得告诉她她有多蠢。

拉兹尼茨基　关我什么事？

罗拉　还不都是为了你，维克托尔。（把他的住院服撩开，高声询问让娜）您还要等多久？！

　　　〔拉兹尼茨基想出声阻止，可让娜闭上眼睛，一针戳进了他屁股。拉兹尼茨基以一种奇怪的姿势挺直了身体，嗫嚅着，眼睛瞪得老大，尖叫着倒在床上，一动不动了。停顿。

罗拉　他怎么了？

伊龙娜　（检查拉兹尼茨基）受刺激失去意识了。

让娜　（惊吓）我也不想的！

伊龙娜　（从兜里掏出一小瓶氯化铵，倒在棉签上，让拉兹尼茨基闻）维克托尔·谢尔盖耶维奇……

　　　〔拉兹尼茨基低声呻吟着醒转过来。

罗拉　维克托尔，你怎么样？

伊龙娜　要叫医生吗？

罗拉　（指着让娜）她不就是吗！

伊龙娜　对不起，我忘了。

拉兹尼茨基　（呻吟）都给我滚。

罗拉　（对所有人说）都走吧，维克托尔·谢尔盖耶维奇需要休息。

伊龙娜　（把小瓶子放在床头柜上）氯化铵，以防万一。

　　　〔伊龙娜和让娜走出门外。

罗拉 你好些了没？

拉兹尼茨基 赶紧给我消失！

罗拉 我现在下楼交钱。（离开）

拉兹尼茨基 （一瘸一拐地走到床边，打开窗户，小声冲外面说）

    菲利克斯……菲利克斯，你在哪儿？

      〔让娜从门口往里瞧，拉兹尼茨基转过身来。

让娜 对不起，我来拿手机。（飞快地走进厕所又拿着手机走出

    来）忘在架子上了。

拉兹尼茨基 明天我给你打电话。

让娜 你这个骗子，你骗了所有人。你对罗拉说你去出差，又告

    诉我你想和她离婚。（走到伊祖姆鲁多夫床前）我躺在这儿的

    时候就明白了。可怜的菲利克斯。

拉兹尼茨基 （看着窗外）我也觉得他可怜。

让娜 他是真的爱我。可我……（哭泣）

拉兹尼茨基 明天再讨论吧。

让娜 你只是和我睡觉而已。

      〔房门敞开，菲利克斯眯缝着眼睛跌进来，衣服破破烂

    烂，领带不翼而飞，满脸青紫，手中还拎着个提包。

菲利克斯 （大声）维克托尔·谢尔盖耶维奇，您在里面吧？我什

    么都看不见！隐形眼镜丢了。

拉兹尼茨基 （一把推倒让娜，把她摁到床下）菲利克斯！

菲利克斯 您说了要替我把着的！

拉兹尼茨基 风突然把窗户吹过来，我不自觉就放了手。

菲利克斯 刺梅救了我的命。如果没有它……（呜咽着）我掉下

> 去的一瞬间简直就像过了一辈子。平衡表、决算表、合同。钱、钱。这些都是短暂的满足。只有爱情是永恒的。

让娜 （从床下轻声说）是啊。

拉兹尼茨基 （大声咳嗽）你本来应该在银行的。

菲利克斯 我需要治疗。这刺梅也太扎人了。您这儿有绿药水吗？

拉兹尼茨基 （恶狠狠地）没有！

菲利克斯 啊，那我会死于血液感染的。

拉兹尼茨基 别放屁。

菲利克斯 如果一切能重新开始就好了！

让娜 （从床下）能的。

> ［拉兹尼茨基用脚踢床。

菲利克斯 （对拉兹尼茨基说）什么？

拉兹尼茨基 啊？

菲利克斯 您刚刚说了什么？

拉兹尼茨基 你又出现幻觉了。

菲利克斯 进监狱就不会了。我现在就想给她跪下，求她宽恕！（跪下）原谅我，让娜。

拉兹尼茨基 （想把他拉起来）起来！

让娜 （从床下）请你也原谅我。

> ［菲利克斯朝床下看，刚好和让娜的眼睛对上，眯起眼睛大声惨叫。拉兹尼茨基抓起尿壶砸到菲利克斯头上，后者失去意识倒在地上。

让娜 （从床下一跃而起，扑向拉兹尼茨基）你杀了他？！

拉兹尼茨基 我别无选择。

让娜 你这个冷酷无情、没心没肺的人。真不懂我怎么挑中了你!

拉兹尼茨基 钱啊!车啊,小玩意儿啊,到处旅游啊。你都忘了?

让娜 我什么都不需要!

拉兹尼茨基 可我需要!(抓住让娜,把她揽进怀里)我要你!要你的全部!所以你得待在我身边。

　　〔他的电话响了。

　　(放开让娜,看来电显示,接通电话,努力使自己的语气平静下来)鲍里斯·弗朗采维奇……会计怎么了?没什么,出了点儿车祸……当然还活着,只不过有点儿破相……别啊,别注销账户!再过半小时他就到了。谢谢。(挂断电话)

让娜 (拥抱菲利克斯)亲爱的。

拉兹尼茨基 决定回到丈夫身边了?

让娜 关你什么事。

拉兹尼茨基 很好。总得有个人去监狱去送东西。

让娜 去哪儿?!

拉兹尼茨基 你家菲利克斯要坐牢。马上。那些假文件上全是他的签名。

让娜 是你拉他下水的!

拉兹尼茨基 不是我,是这个体制。你进来了就得照章办事。不过还是有办法救他。

让娜 怎么救?

拉兹尼茨基 滚!(把让娜推到走廊,关上房门,把氯化铵的药瓶支到菲利克斯鼻子下面)

菲利克斯 （恢复意识）我在哪儿……

拉兹尼茨基 在医院。

菲利克斯 精神病院？

拉兹尼茨基 暂时不是。

菲利克斯 脑袋里……嗡嗡直响……就好像在撞钟一样。

　　〔伊祖姆鲁多夫走进来，边走边看着几张纸。

伊祖姆鲁多夫 （自言自语）牙齿也基本正常。有龋面，不过……
　　（发现了躺着的菲利克斯）发生什么事了？

拉兹尼茨基 菲利克斯被打晕了。

伊祖姆鲁多夫 我就知道最后会这样。（跑到床边，按动呼叫键）
　　插座接触不好。他被电了。

拉兹尼茨基 （对菲利克斯说）听见没有？你被电了。

菲利克斯 电了脑袋？

拉兹尼茨基 电流可不长眼。

　　〔伊龙娜走了进来。

伊祖姆鲁多夫 伊龙娜！有个年轻人被电了！我之前警告过你们的。

伊龙娜 我去叫医生。（着急出去）

拉兹尼茨基 不用！他已经好多了。只要一出去马上就能好。来搭
　　把手。

　　〔三人一起把菲利克斯抬到拉兹尼茨基床上。

　　（把伊龙娜拽到一边）伊龙娜，咱们关系都这么好了。这
　　事儿千万别传出去。

伊龙娜 维克托尔·谢尔盖耶维奇，我也想求您件事儿。

拉兹尼茨基 明天再说吧。（抱住她的肩膀，把她领出门）今天可

真难熬。

伊龙娜 （突然）我丈夫！

　　　　［拉兹尼茨基吓得把手拿开，四处张望。

　　　　一辈子都梦想在你们司工作。

拉兹尼茨基 干什么工作？

伊龙娜 不重要。（小声）关键是能糊口。

拉兹尼茨基 没问题，小事一桩。

伊祖姆鲁多夫 （对菲利克斯说）朋友，你头不晕？

菲利克斯 还不如把我杀了呢！

伊祖姆鲁多夫 那可就是刑事犯罪了。

伊龙娜 （掏出电话拨号）亲爱的，你在家吗？（走到门边）我给
　　你找了个超级好的工作。（离开）

　　　　［罗拉拽着一个推车走进病房。

罗拉 维克托尔，你的卡他们不受理。"您知道吗，电子支付必须
　　本人才行"，后来没办法只好从我的账上划，可我账上钱不够
　　啊。（指着推车）躺上来。

拉兹尼茨基 为什么？

罗拉 咱们去收款处吧，他们等着呢。

拉兹尼茨基 笨蛋！

罗拉 我想都安排好嘛。

拉兹尼茨基 可我想让你从这儿赶紧滚蛋！和这个推车一起！

罗拉 （害怕）维克托尔！

拉兹尼茨基 （喊叫）我再也不想看见你！

罗拉 （带着哭腔）你这才做了手术啊，疼着了？

拉兹尼茨基 我疼！特别疼……都是因为我那个奇蠢无比的老婆！

　　〔罗拉眼中涌满泪水，离开。

　　（跑到自己床边，摇晃菲利克斯）起来。我们只剩半个小时了！

伊祖姆鲁多夫 都因为我得了疝气！（离开）

拉兹尼茨基 （跟着他）你们这群蠢货！

菲利克斯 （轻声）电子支付。

拉兹尼茨基 什么？

菲利克斯 拉丽萨·彼得罗夫娜说了……

拉兹尼茨基 别管她！先把钱救回来。一旦银行账户被注销，那钱就全没了。所有人都会认为是我独吞了这笔钱，那咱们就完了。

菲利克斯 （缓慢起身）我怎么没想到呢？（从包里拿出个 U 盘）咱们在银行的所有信息都在 U 盘里。可以上网把钱转出来。

拉兹尼茨基 弄哪儿去？

菲利克斯 随便哪个临时账户。

拉兹尼茨基 我现在上哪儿找什么临时账户。

　　〔罗拉的手机响：短信提示。

　　（看着她的包，拿出手机）虽然……（拿出自己的手机，拨号）喂……鲍里斯·弗朗采维奇……还是我，拉兹尼茨基……我们马上就解决问题。我需要我老婆的账号……拉丽萨·彼得罗夫娜·拉兹尼茨卡娅……是……我记一下。（抓过笔和报纸，在上面划拉了些什么）谢谢！（挂断电话，撕下写有卡号的报纸，递给菲利克斯）被电一下还是有好处的！

（跑去按呼叫键，一直按着不放）

[伊龙娜跑了进来。

伊龙娜 （害怕）又怎么了?!

拉兹尼茨基 我要一台能上网的电脑。快。

伊龙娜 院长办公室有，可他现在不在。

拉兹尼茨基 （打断）那我们过去。

伊龙娜 绝对不行。

拉兹尼茨基 您的丈夫一周后就可以入职。

伊龙娜 钥匙在一个小柜里。

[伊龙娜，拉兹尼茨基和菲利克斯离开。病房空了一会儿，罗拉边哭边走进来，背后跟着伊祖姆鲁多夫。

罗拉 （抓起包）您觉得他第一次这样吗?

伊祖姆鲁多夫 维克托尔·谢尔盖耶维奇是领导，他是……

罗拉 流氓。

伊祖姆鲁多夫 呃，我可能会……

罗拉 所以我就变成了这个样子。儿子和我们在一起的时候，他还能克制点儿，可现在……就好像他故意把儿子弄到伦敦去的一样。总不在家过夜，杜撰些会议啊，出差啊什么的。实际上是去找情妇们寻欢作乐去了。

伊祖姆鲁多夫 您说什么?!

罗拉 还有一个女人今天早晨给我打电话，说自己是他的新秘书。脸都不要了。

伊祖姆鲁多夫 那您为什么要忍呢?

罗拉 我想过离开他，可然后呢? 我什么都没有。车子，房子，

别墅都在他名下，我就是个大龄家政服务员。等我老了只能
去投奔我在萨马拉的姨妈。

伊祖姆鲁多夫 您很漂亮。

罗拉 都已经是过去时了。

伊祖姆鲁多夫 我在萨马拉巡演过，20 来年之前吧，那时候我还在
剧院工作呢。

罗拉 为什么现在您不在那儿干了？

伊祖姆鲁多夫 因为我年纪太大了。"神啊，你们看见我在这儿，
一个可怜的老头子，被忧伤和老迈折磨得好苦！"

罗拉 您需要钱？很遗憾我也没钱。

伊祖姆鲁多夫 这是莎士比亚写的，《李尔王》。

罗拉 对不起，我是个特没文化的人。

伊祖姆鲁多夫 您很好。（哼唱）"丝巾随水飘零，悄悄远去，爱
人爱或不爱，唯有时间永恒"。

罗拉 （应和）"啊，萨马拉城……我很不安，我很不安，你快安
慰我。"（亲吻他的脸庞）谢谢，叶甫盖尼·鲍里索维奇。

伊祖姆鲁多夫 （不好意思）这个……

〔让娜出现在房门口。

让娜 维克托尔·谢尔盖耶维奇不在？

伊祖姆鲁多夫 出去了。

让娜 去哪儿了？

伊祖姆鲁多夫 他们并不需要向我们汇报。

让娜 刚刚我丈夫还躺在这儿。我很担心。

罗拉 他也是病人？

让娜 不。他是会计。

罗拉 （对伊祖姆鲁多夫说）看啊，这才是真爱！妻子关心丈夫，丈夫关心妻子。

让娜 我离开他了。今天早晨。

罗拉 为什么？

让娜 成天在家守着一堆漂亮家具，我可受不了。

罗拉 如果您家里什么都没有，您会更受不了。

让娜 更别提性生活了！两月一次，就这……我还年轻呢。

罗拉 您哥哥刚也说了，我不是个老太婆。

让娜 所以我出轨了。

罗拉 肯定啊！

让娜 您不指责我？

罗拉 您说什么呢，伊龙娜，（看着伊祖姆鲁多夫）实话说，我自己也……

让娜 真想喝一杯，反正车都被拖走了。

伊祖姆鲁多夫 维克托尔·谢尔盖耶维奇的床头柜里有白兰地。他请我喝来着，可是我拒绝了。

罗拉 （从床头柜拿出白兰地）这是他的最爱。（递给伊祖姆鲁多夫）倒吧。

伊祖姆鲁多夫 （给每个杯子都倒上酒）我当然不能喝，我也做了手术的，可如果您坚持，拉丽萨·彼得罗夫娜……

罗拉 绝对坚持！

让娜 （拿起酒杯）为了什么喝呢？

罗拉 为了友谊！

让娜 非常好!

伊祖姆鲁多夫 还为了女人的眼泪。希望它们只会在最幸福的时刻出现。

让娜 我每次做完爱后都会哭。

伊祖姆鲁多夫 那就为了爱情喝一杯!

〔大家喝酒。

让娜 对不起,稍微等我一下。(跑进厕所)

罗拉 我都不记得我什么时候因为高兴哭过了,都是气哭的。一头埋进枕头哭到天亮。

伊祖姆鲁多夫 我和我妻子经常一起哭。放个什么关于爱情的电影,比如《一个男人和一个女人》或者《瑟堡的雨伞》,然后一起泪流成河。

罗拉 您真的认为,我还……呃……

伊祖姆鲁多夫 什么?

罗拉 不老?

伊祖姆鲁多夫 您……(不好意思)宛若娇红,正在盛放。

罗拉 再喝点儿吧。

伊祖姆鲁多夫 (看着瓶子)我们喝这么多,维克托尔·谢尔盖耶维奇不会生气吧?

罗拉 是啊,还要忍多久?

〔伊祖姆鲁多夫倒酒。

不爱拉倒!不给钱也无所谓。可你得尊重我,别太过分。(喝酒,掏出电话)现在我就给她说清楚。

让娜 给谁?

罗拉 给那个情妇！我存了她的号。

伊祖姆鲁多夫 没必要。

罗拉 为什么？

伊祖姆鲁多夫 会坏事的。（把电话拿走）

罗拉 不会比这更糟了！把电话还来！

伊祖姆鲁多夫 坚决不！

罗拉 叶甫盖尼·鲍里索维奇！（想把电话抢回来）

　　〔伊祖姆鲁多夫不给，她不由自主地就躺进了他怀里。伊祖姆鲁多夫亲吻罗拉，两人吻得几乎要窒息。厕所里传出水声，让娜走了出来。看见正在亲吻的两人，她只得踮起脚尖向门边挪动，不小心碰翻了椅子，发出巨大的声响。罗拉吓得推开了伊祖姆鲁多夫。

让娜 抱歉。

罗拉 （不好意思）我本来想给我丈夫的情妇打电话，可您哥哥……无耻地……啊，拿走了我的电话。请让他马上还给我。

让娜 （对伊祖姆鲁多夫说）哥，还给她。

　　〔伊祖姆鲁多夫把电话还给罗拉。

罗拉 谢谢。还有，这不是您想的那样。

让娜 当然。（转身去门边）

罗拉 真不害臊，叶甫盖尼·鲍里索维奇……您简直用蛮力……（转身走到床边，拨号）拿别人的手机。（对着话筒）喂！

　　〔让娜的手机响了，她接通电话，但是罗拉没注意。

让娜 （对着话筒）喂。

罗拉 （看着窗外）今天早晨我们聊过的。

让娜 嗯。

罗拉 是这样，我想说！您，当然很年轻，可能也很漂亮。我曾经也和您一样。一切都过去了，比自己想象的要快。他享用完后就会抛弃您。以前就是这样。把这份苦难留给我吧。或者……或者，其实我不知道该拿您怎么办……（挂断电话）

〔让娜也收起电话。

（转身面对大家，艰难地笑）她害怕极了！居然解释说不是我想的那样……得了，就是个傻女孩儿。

〔拉兹尼茨基打着电话走进来。

拉兹尼茨基 （高兴）鲍里斯·弗朗采维奇……会计马上就弄完了。我觉得不会有问题。忘了吧，就当它是个可怕的梦……嗯哼……很抱歉打扰了。再见。（挂断电话，做手势）Yes！（看见大家）今天不会再来打针了吧？

〔停顿。所有人都不说话。

我今天有些粗鲁。希望大家谅解。尤其是您，叶甫盖尼·鲍里索维奇，我得专门向您道歉。

伊祖姆鲁多夫 嗯……没关系。

〔门外传来巨响，门开，菲利克斯伸着一只手走进病房。

菲利克斯 我又把什么东西给撞倒了。

让娜 菲利克斯！

菲利克斯 （集中精力看）让娜……你在这儿做什么?!

让娜 就来了啊。

菲利克斯 为什么？

让娜 来，告诉你……我爱你。

菲利克斯　（高兴）真的？

让娜　是啊。

菲利克斯　那你那字条怎么回事？

让娜　一瞬间的软弱而已，对不起。为什么你身上这么脏？

菲利克斯　（笑）让娜，半小时之前我从这个窗户掉下去了！

　　　　〔让娜笑着拥抱他。

罗拉　（对伊祖姆鲁多夫说）为什么他叫她让娜？

　　　　〔伊祖姆鲁多夫不说话。伊龙娜走了进来。

伊龙娜　抱歉，提醒大家一下，探视时间已经结束了。医生很快
　　就要过来巡房。

拉兹尼茨基　非常好。罗拉，回去，明天我给你打电话。

　　　　〔罗拉沉默地收拾东西。

伊龙娜　还有，维克托尔·谢尔盖耶维奇，一楼的警察都走了。

拉兹尼茨基　菲利克斯，你也可以走了。汽车的事儿明天咱们再
　　想办法。

伊龙娜　我给房间通通风，太闷了。（打开窗户）

拉兹尼茨基　请随意，伊龙娜。

　　　　〔一片沉默、气氛紧张。

罗拉　可护士不是叫让娜吗？

拉兹尼茨基　（粗鲁）我说了，回家。

伊祖姆鲁多夫　剧终。（躺回自己的床）

伊龙娜　（从窗户框上扯出一条领带）先生们，你们谁领带掉这
　　儿了？

菲利克斯　（笑着拿过领带）可能是我从窗户上掉下去的时候夹在

　　　　这儿的吧。（对让娜说）我在你的车里找到的，在座位下面。

让娜　上周我把车开去维护了，有可能是哪个技工的吧。（从菲利克斯那儿拿过领带）得还回去。

罗拉　（从让娜手中拿过领带）这是阿玛尼的。

让娜　技工们挣得很多啊。

罗拉　在结婚当天我把这条领带送给了维克托·谢尔盖耶维奇。

拉兹尼茨基　这不是我的。我那条在家呢。

罗拉　这头上有个地方滑丝了，就因为这个还给我打了折。

菲利克斯　（指着拉兹尼茨基对让娜说）是他？

让娜　我过后再给你解释。

菲利克斯　再问你一遍，是不是他？

　　　　〔停顿。

拉兹尼茨基　（大声）是啊，就是我！你想怎么样？

　　　　〔菲利克斯走到他面前，笨拙地举起手，然而拉兹尼茨基先发制人，一拳打到菲利克斯肚子上，他呻吟着，疼得蜷起了身子。

伊龙娜　伤口，维克托·谢尔盖耶维奇。

拉兹尼茨基　（对菲利克斯说）是，我睡了你老婆。都一年了。总得有人来睡她吧，更何况她喜欢。（对让娜说）是不是？

　　　　〔让娜双手捂住脸，从病房跑出去。

　　　　再说了，我吃饭可不吧唧嘴。

罗拉　（轻声）太可怕了。

拉兹尼茨基　（对罗拉说）你也想打我？！你来啊……（把脸凑过去）下不了手？！问题就在这儿。你们什么都不行，是我养着

212

你们，是我给了你们工作、住处，还有快乐。没人会打投食的那只手，只会去舔它。

伊祖姆鲁多夫 你还要脸不？

拉兹尼茨基 （指着白兰地）叶甫盖尼·鲍里索维奇，下次想喝的时候，先问我同不同意！在您这个年纪从别人的柜子里偷白兰地喝才是不要脸。

伊祖姆鲁多夫 （窘迫）为什么您认为……

拉兹尼茨基 （打断）伊龙娜，明天就给我找间正常的病房，VIP专用的那种。我受够这间宿舍了。

伊龙娜 好的，维克托尔·谢尔盖耶维奇。

拉兹尼茨基 现在都给我滚开。我要休息。（躺在床上）

　　〔菲利克斯小心翼翼地起身，摸着肚子，慢慢走向窗边。

罗拉 （对拉兹尼茨基说）不把我放在眼里无所谓，我习惯了。可你为什么对大家……

拉兹尼茨基 （厉声）你早就该回家待着了！

罗拉 我去扎瓦尔斯卡娅家过夜，她邀请我了。（掏出手机，拨号）喂……

拉兹尼茨基 一路顺风！

罗拉 占线。（挂断电话）

菲利克斯 我发过誓……（跳上窗台）要弄死您！

拉兹尼茨基 你可别掉下去了。刺梅未必能再救你一次。

菲利克斯 我要告诉所有人！（在窗台上大叫）警察！拉兹尼茨基司长侵吞国有财产！我有证据！

　　〔停顿。所有人都惊呆了。外面一片寂静。

213

拉兹尼茨基 （平静）你被解雇了，蠢货。

伊祖姆鲁多夫 （对菲利克斯说）油可灭不了火。

　　　　［罗拉的手机响。

罗拉 （看手机，擦眼泪）是扎瓦尔斯卡娅，她给我发了短信。
　　（读）汇款……什么啊这是……（把手机递给伊祖姆鲁多夫）
　　叶甫盖尼·鲍里索维奇，您看看呢？

菲利克斯 是转来的钱。

拉兹尼茨基 （对菲利克斯说）闭嘴！

菲利克斯 他把这次的回扣藏到了您的账户。

拉兹尼茨基 暂时的。这是别人的钱。明天你就给我把它们转到
　　别的地方去。

菲利克斯 我被解雇了。

伊祖姆鲁多夫 （看手机）我没数明白，好多个零呐。

菲利克斯 50 万欧元。

　　　　［伊龙娜轻声尖叫。

　　把这钱给我吧，拉丽萨·彼得罗夫娜。他们还会再弄
　　钱的。

拉兹尼茨基 （叫喊）你敢！（对罗拉说）你用用试试！（从伊祖
　　姆鲁多夫手中夺过手机）我一脚踩死你！让你灰飞烟灭！你
　　们什么都没听见，什么都没看见！明白了？！

　　　　［大家都不说话。

伊祖姆鲁多夫 "人们缄默不语"。

拉兹尼茨基 闭嘴，小丑！我要把你们……你们……（突然呛着
　　了，咳嗽着，用手捂住肚子和屁股，手机从他手中滑落）伊

214

龙娜……我不舒服。（呻吟着倒地）

伊龙娜 （跑向拉兹尼茨基）流血了。快送手术室！

　　　　〔所有人面面相觑。

　　　　时间宝贵，我去告诉医生们。（跑走）

罗拉 （对伊祖姆鲁多夫）您怎么看，叶甫盖尼·鲍里索维奇？！

伊祖姆鲁多夫 （耸了耸肩）救人要紧。

　　　　〔菲利克斯和伊祖姆鲁多夫把拉兹尼茨基放到推车上迅速推走。罗拉跟在后面。病房空置一段时间，让娜出现，她正四处打量着，伊祖姆鲁多夫走了进来。

伊祖姆鲁多夫 （大口呼吸，擦汗）赶上了！不错，电梯在那儿停着呢。（倒水喝）您的……呃，情况不怎么好。

让娜 （吓一跳）菲利克斯？！

伊祖姆鲁多夫 您爸比……

让娜 他不是我爸。

伊祖姆鲁多夫 我，呃，只不过套用了你的话。

让娜 您觉得菲利克斯会不要我吗？

伊祖姆鲁多夫 他应该这么做，这可是个好男人。（摸肚子）哎呀，我身上可别有哪个地方崩开了。

让娜 真遗憾，您不是我哥哥。

　　　　〔伊龙娜走进来。

伊龙娜 好了！送进手术室了！医生们也都在那儿，估计没什么事儿。流这么多血真是太可怕了！

伊祖姆鲁多夫 何况是屁股流血！

伊龙娜 叶甫盖尼·鲍里索维奇，您这只不过随口一说，而我，要是……

让娜 （对伊龙娜说）您看见菲利克斯了吗？

伊龙娜 实话说，我没顾得上他。

让娜 也对，抱歉。（离开）

伊祖姆鲁多夫 白兰地这事儿可弄得不太好看。

伊龙娜 行了啊。咱们救了他的命呢！他该让咱们喝个够。

伊祖姆鲁多夫 我觉得我无法面对他了。

伊龙娜 345 号病房空出来了，那个男人转去了心脏内科的病房。
不过得先和您说一下，那是个集体病房，而且在厕所旁边。

伊祖姆鲁多夫 我已经受够了你们这儿的高级病房了。（收拾东西）

伊龙娜 （轻声）我真不明白为什么他会弄来这么大一笔钱，还搞
个手机提醒。

伊祖姆鲁多夫 我怎么知道？

伊龙娜 一辈子都搞不懂。

伊祖姆鲁多夫 您看见拉丽萨·彼得罗夫娜和他在一块儿吗？

伊龙娜 在手术室外面的走廊上，六神无主的。一个好女人，居
然要忍受这个禽兽。（拿起手机，拨号）可能是真爱吧。（对
着话筒）亲爱的……你吃饭了吗？在干什么？非常好，去
吧。你知道吗，你的工作泡汤了。他们找了个自己人……嗯
哼……别说了，我也很伤心。先不说了，我会再给你打。（挂
断电话）他也在看报纸。

伊祖姆鲁多夫 您觉得他工作的事儿能瞒得过去？

伊龙娜 瞒不过吧。可即使我老公在这么个司里肯定也是异类。

伊祖姆鲁多夫 为什么？

伊龙娜 不会偷不会抢呗。

伊祖姆鲁多夫 能学会的。

伊龙娜 可别了。赚了钱女人跟着就来了，他又不会喝酒。喝醉了我可怎么办呐？还是我自己来吧，打两份工就两份工吧。

伊祖姆鲁多夫 （轻声）伊龙娜，我有点特别私人的事儿想求您。您提过，可以找医生，呃……那个……

伊龙娜 哪个医生？

伊祖姆鲁多夫 和性有关的那个。

伊龙娜 您不说了您不需要吗？

伊祖姆鲁多夫 我躺着的时候又在想，万一我需要呢？

伊龙娜 您这是想和谁睡了？

伊祖姆鲁多夫 我就假设一下。

伊龙娜 （笑）我明天去替您预约。

　　　[菲利克斯走进病房，手上拿着拉兹尼茨基的东西。

菲利克斯 住院服，拖鞋。那边的人让我给拿回病房。

伊龙娜 （把东西都收进柜子）做得对。可别再出事儿了。

菲利克斯 不一定。

伊龙娜 请给我这个普通的护士讲一讲，你们成天都在忙些什么。宣布要改革，要弄什么休克疗法，现在又要现代化。结果呢？以前就只知道中饱私囊的，现在简直毫无变化！

菲利克斯 这才是改革的目的。

伊龙娜 现在明白了。真想锤烂这些人的屁股。（叹气）我去工作了，医生们开始巡房了。（离开）

菲利克斯 我也走了，再见。

伊祖姆鲁多夫　让娜刚走。我觉得你现在追过去还来得及。

菲利克斯　不用了。

伊祖姆鲁多夫　哪怕是打个电话也好啊。

菲利克斯　没有她的号码。

伊祖姆鲁多夫　我有。（把报纸递给菲利克斯）她专门留下来的，就写在总统的脑门儿上。

　　〔罗拉走进病房。

罗拉　这哪儿是医院，这是……看呐，连药都没有！（亮出处方签）就开了一大张单子！

伊祖姆鲁多夫　药房在下面。

菲利克斯　我去吧。

罗拉　菲利克斯……您是真朋友。（把处方给菲利克斯，从提包里拿出钱夹，找钱）不过……我一点儿钱都没有了。

菲利克斯　（和伊祖姆鲁多夫交换眼神）就这样吧，我来付账。（离开）

　　〔罗拉焦急地在病房里走来走去。伊祖姆鲁多夫把自己的东西装进口袋。

罗拉　扎瓦尔斯卡娅给我打了电话，她和她丈夫在泰国。我不能去她家过夜了。

伊祖姆鲁多夫　找个宾馆啊，您现在可是个富有的女人。

罗拉　（厉声）这可不是我的钱。还有……忘了这件事吧。您要去哪儿？

伊祖姆鲁多夫　另一间病房的床位空出来了。

罗拉　维克托·谢尔盖耶维奇不好相处。可他生病的时候又是那么脆弱。我已经习惯了，更何况我年纪也这么大了……

（看着门）您同意我说的吧？

[伊祖姆鲁多夫沉默地点点头。

（奇怪地笑）可商店里有那么多好看的鞋。还有件低胸衬衣，我穿上肯定很漂亮。您知道我现在最想干什么吗？（突然）打您！您早就知道让娜和伊龙娜的事吧？

[伊祖姆鲁多夫沉默。

男人都一样，满嘴跑火车！（飞快地走到门口，立马又转身回来）可我原谅您了！因为……您……（走近伊祖姆鲁多夫，抱住他）

[绵长的亲吻。当他们还在接吻的时候，电视突然打开。新闻的片头音乐之后便响起了主播的声音。

主播 检察院内部的消息人士透露，此前媒体关于"巨人建筑"总部被搜走大量文件的消息是谣言。公司运转正常，检察院方面对其并无任何非议。

——幕落

小蝴蝶

五幕剧

彼得·格拉季林　著

孙为　译

作者简介

彼 得·弗 拉 基 米 罗 维 奇·格 拉 季 林 (Пётр Владимирович Гладилин, 1962—), 俄罗斯戏剧和电影导演、编剧、剧作家、作家。父亲是海军军官, 母亲是中学外语教师。他在克拉斯诺达尔边疆区阿纳帕市度过了童年时代。1976 年迁居莫斯科。

译者简介

孙为, 上海外国语大学博士研究生。译著有《论小学教育》(该书作者为俄罗斯著名教育家列·符·赞科夫)。

人　物

上校安德烈·伊萨耶维奇·肯奇——指挥官。

科尼亚·列别杜什金——第一年服役的现役军人。

大尉巴加耶夫——连长。

上尉尤瓦切夫——指挥官副官。

少校莫罗佐夫——军医，卫生所所长。

在永冻带开始的田野边缘驻扎着一支卫戍部队。严冬即将来临，北方草原将变成牛奶般白茫茫一片。风像野兽般穿过缝隙，发出阵阵颤音，嘶哑着呼啸而过。某处碎裂铁皮的一部分在哐当直响，铁砧发出叮当叮当的声音。

操场上有支小型军乐队在演奏：一面鼓，两只小号。总共只有三个乐手，其中一个还走调得很厉害。但这三人却给周围带来了秩序。一切不再是掉链子般的混乱。而生活在这个由乐音音程间隔所确定的有序世界也就没那么可怕。

第一幕

指挥官办公室。

上校　瞧，刮起了暴风雪，幸亏我们及时调兵去取了冬季制服，十月就过冬了，而夏天七月份才来。

副官　上校同志，有事报告！

上校　洗热水澡也没用，第二天身子都暖不起来。快给我端杯热茶！

副官　有紧急事件，上校同志。

224

上校　以前从不见你抱怨和啰嗦，而现在哭哭啼啼，懦弱无能还自得其乐。怎么不说话啊……紧急事件……说！

副官　我还不知道怎么说。

上校　上帝保佑可别像沃斯科博伊尼科夫那样死在冬天。我还记得，我们是怎样把他放进冰冷的墓穴…那就滚出去，想想怎么说，然后再来跟我汇报。

副官　是！

　　　〔副官转身离去。

上校　天啊，太臭了，也就是说，又刮西北风了，为了不让每天两吨的剩菜剩饭浪费，有人下令建了猪圈。但不应该跟我们墙靠墙，应该建到部队二十公里外才对。沃斯科博伊尼科夫被冻死真是吓到我了，不，亲爱的，我要死在索契外甥那儿，那里有亚热带气候，总是很暖和，我这把老骨头不喜欢寒冷。我又睡得不好了，现在每晚一杯伏特加都不起作用。

　　　〔副官端着一杯茶进来。

副官　能跟您讲吗，上校同志？

上校　讲。

副官　这样的紧急事件我们这儿从未发生过。

上校　哎，让我这老头子也高兴高兴。

副官　在五连，我该怎么跟您说呢……

上校　去想想吧。

副官　我在集中思路……

上校　向后转！齐步走！茶留下。

　　　〔副官转身离去。

225

上校 在军队已经四十年了……这辈子过得就像一个星期的假……不，我不后悔。

　　［副官进来。

副官 能向您报告吗？

上校 快些。

副官 五连士兵列别杜什金变成了姑娘。

上校 什么意思!？我不明白，你在胡说什么？

副官 我所说的……很难理解，也很难用语言表达。列别杜什金之前是士兵，但今天有人领连队去澡堂，他已不再是士兵，变成娇小姐，婆娘了。男人的身份是彻底没有了。

上校 那现在有什么？

副官 女人身份，上校同志。胸和所有其他应该有的。相应地还有了匀称的身材和女人的尖嗓门。

上校 也就是说现役士兵变成了女人？

副官 对的。

上校 变的是漂亮女人还是其貌不扬的？

副官 相当不错。

上校 别人跟你说的还是你亲眼所见？

副官 都有。

上校 变的是年轻女人还是成熟的？

副官 年轻姑娘!

上校 或许，你是另有所指？他过去是个英勇刚毅的战士，而现在变得胆小懦弱，成了这个样子？

副官 绝对不是!就是直意!

上校　蠢货，从这儿滚出去！你在糊弄谁！

副官　您要我对天发誓吗？哦，我怎会昧良心呢！我对上帝起誓，五连士兵列别杜什金将胡子剃得精光，变成了留着女士发型的 19 岁姑娘。上帝作证！

上校　在哪儿？

副官　他在门外等候。

上校　快让他进来！

　　　〔副官离开。和一名姑娘一起回来。

姑娘　上校同志，士兵列别杜什金奉命前来！

上校　是那个将手榴弹从战壕扔出八米远，几乎炸死所有分部，并以此为荣的士兵列别杜什金吗？

副官　正是。

上校　是挺像。列别杜什金，是你吗？

列别杜什金　对的，上校同志，是我。

上校　你是几连的？

列别杜什金　五连。

上校　让巴加耶夫来我这儿。

副官　他在门外等候。

　　　〔副官离开，和大尉巴加耶夫一起回来。

巴加耶夫　大尉巴加耶夫奉命前来。

上校　这是你的兵？

巴加耶夫　是的，上校同志。

上校　说啊，别默不作声！保住你的皮吧。

巴加耶夫　这就是发生在士兵身上，更准确地说，士兵身上所剩的一切。

上校 你能跟我说的就这些？

巴加耶夫 是的。

上校 大尉，上帝都不能保佑你了。他是何时应召入伍的？

巴加耶夫 今年春天。

上校 从哪里？

列别杜什金 从莫斯科。索科利尼军事委员会。

巴加耶夫 我亲自从征兵站带走的。那时还是个小伙子。

上校 他们打算给我一个师，可我根本不可能看到将军的肩章，就像看不到自己的耳朵一样。

巴加耶夫 交给我的连队从不曾违规，这个士兵经过了两轮医疗委员会的检查，他有医疗卡。

上校 叫卫生所所长来见我！

副官 他在门外等着。一会儿就来。

　　　　〔副官离开，和军医莫罗佐夫一起回来。

莫罗佐夫 您好，上校同志。

上校 你相信这是我们的兵，而不是一只从郊外来的迷途的羔羊？

莫罗佐夫 绝对相信。

上校 你能就发生的事做出唯一科学的解释吗？

莫罗佐夫 自然界有种鱼，每三分钟就会改变性别，但在哺乳动物里，其中包括这个士兵，类似现象却从未见过。应该向莫斯科报告，向国防部报告。

上校 向莫斯科报告就等等吧！某个地方鼓出个小脓包就马上想着跟莫斯科报告。

副官　就是!

上校　告诉我,你来军队服役前有同性恋倾向吗?

列别杜什金　绝对没有!

上校　外面有喜欢的姑娘吗?

列别杜什金　昨天收到一封信,她叫玛莎。

上校　你爱她吗?

列别杜什金　这点我不想评论,这是隐私问题。

上校　也就是说这种巨变是在一夜发生的?

巴加耶夫　是的,昨晚列队点名时他还在。

上校　好的,但现在情况是,你从人家父母那儿带走的是健康小
伙子,现在我们还回去的却是一个姑娘,我能想象,这将是
多大的丑闻。

列别杜什金　我没有父亲,妈妈也不会很伤心,她一直想要个女
儿,上校同志,您放我回家吧。

上校　列别杜什金,对于自己的转变你是怎么想的?

巴加耶夫(带着嘲笑)女兵科尼亚。

上校　闭嘴,巴加耶夫。

列别杜什金　我觉得我走投无路了。

上校　也就是说,这是你有意而为之?

列别杜什金　前天大尉巴加耶夫命人给我穿上潮湿衣服,然后派
我去站岗!顺便一提,那天外面下着暴风雪。

巴加耶夫　这是你自己的错。他站岗时睡觉,就是打死我也不会
把他的马裤弄湿透,没那么厉害,只是稍微淋点水,想让他
精神振作点。

上校 也就是说，列兵列别杜什金，你想讲的是，如果穿着潮湿马裤的士兵去站岗，那他必然会变成姑娘？

列别杜什金 绝对不是，我绝不是因为这些坏蛋羞辱我才变成了姑娘。

上校 那是为什么？

列别杜什金 我是个艺术家，演员，我不能住在兵营中，我喘不过气，快死了，我需要创作氛围。

巴加耶夫 他念了戏剧学校一年级，总觉得自己是个天才，尽管是带着耻辱被开除的。

列别杜什金 就像一切有着最起码自我意识的人一样，我需要自由和孤独。问题并不在于老兵们在大尉巴加耶夫的默认下羞辱我，强迫我用牙刷洗厕所，不在于让我穿着潮湿的衣服去站岗，也不在于和我站在一起的直属上司是个极残忍的人渣。

上校 那问题出在哪儿？

列别杜什金 问题在于我的生活不能没有创作。我曾假装尿痛，有精神分裂症，我吞针，喝碘酒，就为了让体温升高，但是他们依然认为我适合服兵役。

莫罗佐夫 是的，六个月中他有三个月都躺在卫生所候查，最后被认定适合服兵役。

列别杜什金 哪怕我没有双手双脚他们依然认定我适合，把我送回兵营，所以我只有一个办法——变成一个姑娘。现在谁也不能说，科尼亚，去吧，服役吧，保卫祖国吧。我想回家，放我回家吧，上校同志。

上校 也就是你想说，你是有意变成婆娘的？

列别杜什金 某种意思上是的。

莫罗佐夫 我一生认识很多装这装那的人，只是你这样的从没见过。

巴加耶夫 我能怎么办?! 就像鱼撞到冰一样，我碰到个知识分子。

列别杜什金 我喘不过气来，我在一点点地死去，离开戏剧我无法想象自己会怎样，放我回家吧。

上校 我们哪儿都不会让你去的。科尼亚，我要亲自教导你! 列别杜什金，我会把你变回男人的! 祖国将为你骄傲。

副官 不能把他这个样子送回兵营。

巴加耶夫 姑娘会被糟蹋的。

上校 让他住在俱乐部。

副官 俱乐部这五年一直在装修。

上校 太好了。给他制服，床，被子，装个人物品的小柜子，保证三餐供应。还有谁知道所发生的事?

副官 除了在场的没人知道。

上校 对别人一个字也别吐。你这军官做得太差劲了，巴加耶夫，你连个莫斯科人，知识分子都搞不定。之前我还想着提拔你。

巴加耶夫 结果就是我一辈子都要做个大尉吗?

上校 直到你肩章上的大尉星状标志开始发臭吧!

巴加耶夫 在我这儿坚持坚持吧，科尼亚·列别杜什金，我会给你安排舒心日子的。

列别杜什金 每颗不完美的灵魂都要承担自身的罪孽。我可怜你。

上校 这家伙真是! 回连队吧，好好管管，大尉。都走吧。尤瓦切夫留下!

副官 是。

〔除了副官所有人离开。

上校 我讨厌西北风。

副官 为什么？

上校 猪圈那儿传来的难闻气味让我脑袋抽筋。让这知识分子搬到俱乐部去，给他三顿饭，编个日程表——演练战术、军事战术、降落伞装备等等。不能让其他人知道发生了什么事。

副官 是，上校同志。

上校 备车出门，我们去机场，看看跑道修得怎么样了，也让我们都呼吸下新鲜空气。

第二幕

　　没装修完的军事俱乐部：观众席被撤走，桌椅堆在角落，舞台上放着一张铁床和一个斗柜。士兵床上躺着个姑娘，她穿着裙子正在看书。副官尤瓦切夫走进来。

副官　起立！

列别杜什金　你像杀猪似的鬼叫什么，这样可能一辈子要变结巴了。

副官　立正！你快点！

列别杜什金　我的天啊，你是有多讨厌我，等一会儿，我现在做个书签。

　　　　〔上校走进来。

副官　起立！

列别杜什金　你好，上校同志。

上校　这是什么？

列别杜什金　您指什么，上校同志？

上校　这么好看的小裙子从哪儿弄的，列别杜什金？

列别杜什金　自己缝的。我找到了三米缎纹布，洗了洗晾干就给自己缝了件裙子，穿上它我觉得好极了！我讨厌穿军装。

233

上校 科尼亚，科尼亚，科尼亚！你不感到羞愧吗，你是俄罗斯军队的士兵。

列别杜什金 我叫娜塔莎。如果您允许的话。

上校 这个名字起多久了？

列别杜什金 昨天傍晚后。我给自己起名娜塔莉亚是为纪念娘家姓为舍甫齐科的奶奶娜塔莉亚·阿尔卡季耶夫娜。我是个 18 岁的姑娘，不用再服现役了。请放我回家吧。对不起，这么笔直地站着我好累，我的背都麻了。（他坐了下来，整理自己的衣襟）

副官 起立！

列别杜什金 对不起，如果您允许的话我要坐一坐，我今天身体不舒服，头晕得厉害。

副官 站起来！

列别杜什金 您不相信，上校同志，但我现在所讲的完全是真话啊。我这几天不舒服，背都佝了。

上校 军医莫罗佐夫是对的，这样会装的人世间未见！竟有这种事发生！一个士兵还有月经！一个现役士兵竟有生理期。

副官 我在学校曾拖着受伤的手跑完了越野赛！

列别杜什金 我之前也这么想，认为这是胡扯。但完全不是，如果你也受过一次苦，那么就会明白，求而不得意味着什么？我站不起来。

副官 我把他拎起来。

上校 别碰她，不用。那么，夫人，如果您允许的话我也坐一坐。我站在您面前不太合适，毕竟我在年龄和军衔上都比你高。

列别杜什金　先生，请坐，您真客气！

上校　谢谢。这是咖啡的味道？不是吗？

列别杜什金　是的。

上校　这种迷人的味道哪儿来的？

列别杜什金　来自这个铁杯，这是我的咖啡。

上校　您的咖啡从哪儿得的？

列别杜什金　阿拉比卡，最好的品种，我很神奇地保存下来，有100克。顺便说一下，您觉得今天天气怎么样？

上校　就是说士兵一整天都躺在这个床上，喝着咖啡，读（他仔细看了看书）着保罗·艾吕雅。

列别杜什金　我还写了话剧，看，这是手稿。

上校　尼古拉，你还是作家啊。

副官　这样的士兵我是头次见到。

列别杜什金　我不是士兵，我是艺术家。甚至还可能是个天才。

上校　夫人您谦虚了！就是天才啊！

副官　天才婆娘。

列别杜什金　并非说我是像毕加索、毕沙罗、托尔斯泰或者奥利维尔那样完美、专业的天才，我想说的是我感受到了自己的天分，我对它们有责任。

上校　那么我们跟前的是谁？演员或者作家？

列别杜什金　我会成为伟大的女演员。如果我的戏剧之梦不能实现，那我会成为一个女作家或钢琴家，或者最差也能成为一个女艺术家。无论发生什么，我一定要从事艺术。

上校　列别杜什金，毫无疑问，你有做演员的天赋。你完全具有塑造新形象的天分，我们就是活生生的见证人。

列别杜什金　这不是塑造新形象的天赋，更准确地说，这是生存的艺术。

上校　你知道吗，尼古拉……

列别杜什金　都懒得重复了，我叫娜塔莎。

上校　好的……你知道吗，娜塔莉亚，绝大部分伟人都是男性，比方说，斯坦尼斯拉夫斯基、涅米罗维奇 - 丹钦柯①、莎士比亚，作曲家中几乎没有女性，最好的作家和演员也都是男的。

列别杜什金　这是男人为了让他人了解自己虚构的优越性而编造的谎言。

上校　总之，我认为必须使您回归自然状态，除此之外，这也是我对世界艺术的一种责任。

副官　训练课程由我晚上在远离士兵们的地方亲自督导，每天进行。明天……越野跑、演练战术、射击训练、化学防护、体育运动。

列别杜什金　那我没时间做自己的事了。

上校　难道你有什么事要做吗？

列别杜什金　是的，是的，我有很多事。

上校　哪些呢？

列别杜什金　马上就要戏剧首演了。

副官　怎样的戏？

列别杜什金　生活戏。

----

　　①　涅米罗维奇 - 丹钦柯（1858—1943），俄罗斯导演，人民艺术家。俄罗斯戏剧的大改革家。

上校 在哪里首演？

列别杜什金 就在这个舞台！我已经开始排练了。顺便说一下，您的舞台尽管小，但是很棒，这里甚至有灯光，虽不是很专业，但已经足够了。还有录音机，甚至有迷你唱片室。的确，剧团只有一个女演员，但这不重要，很快就要首演了，我请您来看。

上校 什么时候？

列别杜什金 十天后。

上校 不能延迟吗？

列别杜什金 一天也不行。

上校 您要演《罗密欧与朱丽叶》吗？

副官 《万尼亚舅舅》！

列别杜什金 剧名是《奥则尔玛——蜜蜂大王》。

上校 我没听过这部剧。

列别杜什金 这是我自己创作的。

上校 哦，对，我都忘了，您还是个女作家。

列别杜什金 顺便说一下，我画画也不错。还会唱歌。

副官 您不试试刺绣吗，科尼亚？捏着手指？

上校 十天后有首演。我很好奇啊。

副官 能要张免费入场券吗？

列别杜什金 不售票，您就来吧，我是为了掌声而演。

上校 将训练课表变变——越野跑由每天一次改为两次，沿崎岖地带跑。

副官 跑的时候要满负弹药。

列别杜什金　上校同志，我成不了士兵，您看，我算什么兵啊，第一次打仗就会死掉，不是饮弹而亡，而是死于慢性子。我不能保卫祖国，请放我回家吧，安德烈·伊萨耶维奇，放我走吧。

上校　你这个样子我不能放，军队会把我开除的，而我，顺便一提，已经将四十年都奉献给了军队。明天把裙子换掉，都给弄脏了，这么好的裙子也坏了。

　　〔上校和副官离开。

第三幕

夜晚。俱乐部。舞台。

列别杜什金睡在铁制士兵床上。有脚步声在走近。上校肯奇出现。

上校 起来，有紧急情况！

列别杜什金 为什么这么惩罚我，我的天啊，半夜把人叫醒，我的灵魂还在天上飘着呢！

上校 （看看表）时间快到了，快点，列别杜什金，还剩35秒。振作点，再快些，争取达到标准。

列别杜什金 那么快我做不到。您是咋想的！我的眼睛睁不开，手脚还在睡着。

上校 快点！有紧急情况！

列别杜什金 您在吼什么啊，半夜三点……妈妈，我多想睡啊，如果生命是场梦，那我想活着。

上校 你没达标，算了，我们再训练。

列别杜什金 您喝多了，上校同志，身上散发着难闻的酒味！凭您脸上的表情判断，您是一个人喝闷酒！大半夜啊！这事太值得琢磨了。您睡不着吗？

上校　良心在折磨着我。

列别杜什金　好难得啊！绝不会有这种情况！我觉得您没有怜悯心。

上校　我睡不着，有个可怕的问题使我不得安宁……突然觉得你真是天才！给我读完你的剧本吧！

列别杜什金　在您看来它是很无聊的。

上校　但您低估我了，夫人。我坐沙发上，喝着咖啡听着戏。读吧，娜塔莉亚……您的父称是什么？端杯咖啡来让你领导也享受享受。

列别杜什金　娜塔莉亚·谢尔盖耶夫娜。

上校　行行善吧，娜塔莉亚·谢尔盖耶夫娜。如果不给我读您的戏，娜塔莉亚·谢尔盖耶夫娜，我们立马就在这冰冷的大地上挖个坑躲起来，直到日出！

列别杜什金　我亲爱挚爱的妈妈呀。上校今天半夜三点紧急叫我起来就为了给他卖力地读几行字！妈妈，回家时我要连续睡几个星期，我想在梦中还见到梦，沉浸在摩尔菲神①的王国中，像喝水一样畅饮一大口的宁静！上校同志，您可要答应我，读完了就走，我要躺下睡觉。

上校　我用炮兵技术武装库发誓！

列别杜什金　好吧，这是您自己死乞白赖要求的。我先提个醒：剧本很复杂。

上校　别吓我，阿杰莱达·阿菲诺根诺夫娜，我快吓破胆了，怎么说也打过三次仗。

---

①　希腊神话里的睡梦之神。

列别杜什金 您看，上校同志，这是您自己死乞白赖要求的。

上校 我准备好了，阿杰莱达·阿菲诺根诺夫娜，那就开始吧！还是不给倒杯咖啡让我开心下吗？

列别杜什金 只有一杯……我省着喝的。随便您怎么叫我，我不怨您。

上校 我会一小口一小口地喝。

列别杜什金 这甚至都不算个剧，仅仅是个独白，为了让打过三次仗的您能明白，我事先读下不长的内容简要……也就是讲下大概内容。

上校 您费心了，夫人。

列别杜什金 总之，剧情部分发生在近行星的太空，部分发生在天堂。

上校 我猜到了。

列别杜什金 怎么，没兴趣了吗？

上校 不，请继续，亲爱的，继续……很好……很好……在这片罪恶的土地上并非所有人都在泥泞的道路上行走。

列别杜什金 剧中人物：奥则尔玛——蜜蜂大王，索尼米诺尔——迷失在无星太空中的美人。剩下的角色不重要。总之索尼米诺尔降落在某个行星阿利坎上。她喝露水，吸收清晨的凉气。

上校 就像我的奥尼亚，她怕变胖，早餐就吃一块黄油小饼干，喝半杯茶。我跟她说：奥莲卡，如果你这么吃，那在这样的气候中是活不下来的。

列别杜什金 奥则尔玛在林中草地看到喝露水的索尼米诺尔后就爱上了她。

241

上校　我跟奥尼亚也是在咖啡厅认识的，那时我还是个学员，被开除了……转着转着突然看到了……世间未见的美女在吃冰淇淋。我的心跳停止了！它不再跳动，直到我对她说了一些话。说了什么？已经不记得了。

列别杜什金　索尼米诺尔也爱上了蜜蜂大王，他们就开始了激情的恋爱。

上校　我们在酒店四天都没出门，不睡，不吃，就像疯了般爱着彼此。

列别杜什金　或许，您来说，我默不作声。还听不听？

上校　好了……好了……阿尔捷米达·普罗科皮耶夫娜，我再不说了！

列别杜什金　蜜蜂大王和索尼米诺尔在阿利坎星球上找到了彼此的最爱，为了能两人单独待在一起，他们去往无人居住的星球利穆尔，在那儿建造了自己的家园。

上校　如果生活中住房问题能这么快解决，我们和两个孩子就不用 20 年到处漂泊……快点，别沉默啊。

列别杜什金　他们幸福地生活着，闲暇时就会跳白鹤探戈舞。

上校　奥里亚管的正是这个俱乐部……他要我装修，挂上窗帘……甚至从莫斯科运来了窗帘……她亲自挑的，不用说，女人是有品位的……她厌烦了军队生活。我理解她：和我一起 30 年都待在驻防部队！好了，我不再讲了！

列别杜什金　突然利穆尔星球上出现了恶魔天使，黑天使。

上校　明白了，恶魔天使。

列别杜什金　看到美丽的索尼米诺尔，恶魔天使变成个美少年，试图引诱她。

上校　我也曾想，奥里亚在莫斯科有人了。但这样的事绝对没有，她只是讨厌住在这个偏僻的地方，我一天 20 小时值班，而她能自行安排时间，女人需要被关注，她很孤单，于是她收拾东西，带着孩子离开了。

列别杜什金　索尼米诺尔没有屈从于黑天使的魔力，于是黑天使杀死了蜜蜂大王。

上校　我也想杀掉这个人，但他却并不存在，没有任何恋爱关系。

列别杜什金　索尼米诺尔为蜜蜂大王的身体祈祷。我的戏事实上就是一段独白。

上校　念下你的独白。

列别杜什金　这是一种语言表演，仪式、大祭，是和爱人的一种告别 。这就是剧情。文本中什么都没给。没有戏服，没有布景，没有音乐——这是无内容的东西。

上校　读吧。

列别杜什金

　　　　你死了。

　　　　你的眼睛专注地凝视着黑暗，

　　　　就像两只长久飞越沙漠的白鹭

　　　　在贪婪地汲水。

　　　　你听不到。

　　　　看不见。

　　　　你失去意识，不再讲话——

即将来临的远行就是这样！

上校　象征主义！令人费解！就像沼气！

列别杜什金

二十亿年前
上帝有了这个世界，
世界有了你的心，
你的心有了灵魂，这意味着，
心是不朽的。

因为灵魂是
不变的心灵秩序，
腐朽的，散发恶臭的死亡
不能改变它。

上校　哎呀！腐朽的死亡！

列别杜什金

我知道你灵魂的样子：
是如爱般甜蜜，
永远散落的花朵。

是如甜橙般的太阳
和在大餐勺上
烘烤的焦糖香气。
是星星间发出夜莺般啼啭的安琪儿…

上校　停！

列别杜什金　我还没讲完!

上校　列别杜什金,你要一个人对着空荡荡的大厅说这些愚蠢的胡话吗?!

列别杜什金　是的!我一个人对着全世界讲。

上校　娜塔莉亚·谢尔盖耶夫娜,你不是这个世界的人,您不是人类,是个怪物。

列别杜什金　这总比半夜……一个人喝酒强吧!

上校　行了,我来了,心也就坦然了。你不是个天才。我们来学习怎么挖战壕隐蔽自己吧。明天开始!你要保卫祖国!

列别杜什金　但没战争啊!

上校　这不重要!会有的。某个时候战争就会开始!

列别杜什金　晚安,上校同志。

上校　晚安,列别杜什金。

列别杜什金　睡觉,睡觉,睡觉!

上校　它们在哪儿?

列别杜什金　发生什么事了?

上校　窗帘哪儿去了?

列别杜什金　什么窗帘?

上校　挂在这个俱乐部窗户上,我的奥里亚从莫斯科运来的窗帘。

列别杜什金　我摘了。

上校　为什么?

列别杜什金　我给裁了,将用他们缝制戏服。

上校　什么?用我奥里亚买的窗帘?!这是她仅剩的东西了。你在干吗,你觉得我来这儿是听装疯卖傻的人胡说八道吗?我是来看窗帘的！它们在哪儿？我的窗帘在哪儿？

列别杜什金　我用它们缝衣服了。一件已经做好，另一件正在做。戏服！

上校　什么戏？

列别杜什金　《奥则尔玛——蜜蜂大王》。

上校　我想看看！

列别杜什金　马上，待会儿见！

　　　　〔列别杜什金穿着戏服过来。

上校　窗帘有八片啊！

列别杜什金　但它们太窄了，就 30 厘米宽！一部分做披肩了。还剩一块窗帘，但我把它从窗户上取了下来，省得别人问我剩下的哪儿去了。

上校　你先值勤 25 天吧！去猪圈找猪，去掏猪粪！

列别杜什金　我恳求您别派我去猪圈！

上校　服役结束前都去找猪，去农场！

列别杜什金　我同意窗帘是很好，但看下我的戏，有戏服、音乐、灯光，到时你就明白，它们不会白白牺牲的。

上校　问题不在于你所理解的猪身上。还有个情况，也就是猪倌。他比任何阉割过的公猪还要重两倍，淫荡两倍。或许最后他不用手淫了？！你要做女猪倌，科尼亚！或许，我们给办个婚礼。

列别杜什金　我求您，我恳请您！我不要去农场！给我个机会，让我演戏吧！

上校　好的，演吧！我来看看！但如果这个戏很差劲，我会履行

246

诺言的!

列别杜什金 快给我些火柴!

上校 干吗?

列别杜什金 我要化妆,需要些烟黑色,我来烧张纸!

上校 (丢过火柴)我的窗帘!

列别杜什金 等一会儿!我很紧张。

上校 你还紧张!

列别杜什金 去莫斯科高尔基模范艺术剧院上学前我都没这么紧张。

上校 自打出生我就没见过你未婚夫那样令人厌恶的丑脸,他的指甲下有全世界的脏泥、蛆虫、所有的病菌!从你未来伴侣身上发出的恶臭把猪都熏晕了,硇砂都不能使它们昏迷的心清醒。这会儿就别紧张了!我派他去当猪倌是因为登陆兵身上不能有臭味。

列别杜什金 等一会儿,我把灯放好。

上校 我已经不喜欢你的戏了。

列别杜什金 别催啊,我认为,您是很有品位的人。

上校 还要等很久?⋯⋯我的窗帘啊!

〔音乐响起,光线从脚灯落下,列别杜什金穿着戏服伴着音乐在表演。

列别杜什金

你死了。

你的眼睛专注地凝视黑暗,

就像两只长久飞越沙漠的白鹭

在贪婪地汲水。

你听不到。
看不见。
你失去意识，不再讲话。
即将来临的远行就是这样！

二十亿年前
上帝有了这个世界，
世界有了你的心灵，
你的心灵有了灵魂，这意味着，
心灵是不朽的。

因为灵魂是
不变的心灵秩序，
腐朽的，散发恶臭的死亡
不能改变它。

我知道你灵魂的样子：
是如爱般甜蜜，
永远散落的花朵。
是如甜橙般的太阳
和在大餐勺上
烘烤的焦糖香气。
是星星间发出夜莺般啼啭的安琪儿……

你的身体将永远忠诚于大地和火焰，

它将烧尽，化为原子。

但这并不可怕，

因为身体只是躯壳，

你的灵魂是发光的蜻蜓。

她从躯壳中解放出来

将要四十天

翱翔在近行星的太空中，

听着我对你的爱，

为未来的远行积蓄力量。

她会穿过时间的海洋，

飞向自己的新生活，

很快你的永恒的心灵

会着陆，开始新生活！

你的眼睛，饱饮了黑暗

又重新睁开，迎着阳光

你趁着朝露赤足奔跑。

上校 去猪圈吧！

列别杜什金 没文化的傻瓜！

上校 你祈祷吧，娜塔莉亚·谢尔盖耶夫娜，现在您不是士兵，不是夫人，不是演员，您是个女猪倌！您的丈夫还在睡着，甚至完全没预想到自己的幸福。

列别杜什金　您是个远离艺术的人，什么都不懂！这是部好戏！您没耐心看到最后！

上校　没有剧情，没有典型人物，没有内容！一片空白！

列别杜什金　这个体裁不需要它们，这是语言表演。

上校　去猪圈吧！戏很差劲。

列别杜什金　戏很好！

上校　你太脱离生活了，科尼亚，应该深入生活，深入人民，从农业生产开始吧。

列别杜什金　您不了解艺术！

上校　我对戏剧的了解不比你少，准备婚礼吧！

列别杜什金　您从哪儿了解的？

上校　从那些善于思考，因此无论着手做什么事都能成功的人身上！如果我是个政治家，那我就能成为总统，如果我是个木工，我就必然是制造高级家具的木工，我选择了服役，也就晋升为上校了，这还不止，我在等着升为将军，但如果我在舞台上表演——那我会成为伟大的演员。我把一切都安排妥当，我是个胜利者。我是伴着升起的冥王星出生的。

列别杜什金　喝多了在吹牛，谁都不知道，您会成为什么样的演员。

上校　伟大的演员！

列别杜什金　吹牛皮！

上校　我有上进心，我能成为精英中的精英！

列别杜什金　这种事光是上进心是不够的，还需要天分。

上校　天才做任何事都有天分。

列别杜什金　好的，让我们试一下，我给您个角色，像需要空气一样我们的戏需要好演员！这总比每晚喝酒强。

上校 即使在死亡威胁下我也不演你的戏，哪怕有人要砍掉我的手脚。这是装腔作势、愚蠢至极、无稽之谈、稀奇古怪。太太，女猪倌，您不用写了，您没这个能力。

列别杜什金 请试试吧，您面前有全世界的剧目，选一个吧。您要演什么呢？

上校 莎士比亚的剧。他是个好作家。

列别杜什金 他是个很好的作家，但他很是萎靡不振，疲惫不堪，他的作品在各地演来演去，被演得过度了。

上校 哎呀！

列别杜什金 你建议选莎士比亚哪部戏？

上校 随便哪一部。

列别杜什金 对于我们这个双人演出小组来说《奥瑟罗》很合适。您是摩尔人，我是黛丝得莫娜。有着年龄上的差别。他——军人，几乎是个将军，这和您很接近，她——姑娘，演过大概三分钟的一场戏，让我们瞧瞧，您是怎样的天才。

上校 好的，科尼亚，我给你上两节演员技巧课。

列别杜什金 您保证？

上校 军官的承诺。

列别杜什金 等会儿，我现在……

上校 你去哪儿？

列别杜什金 去取威廉·莎士比亚的一册书。去图书馆。

上校 但你没钥匙。

列别杜什金 我会用两根小针开门。

251

上校　好一个撬保险柜的贼。叶芙罗郗娅·费都诺夫娜。

列别杜什金　对文学的热爱会创造奇迹，俱乐部跟图书馆就隔一道小墙，我怎能忍住啊！（列别杜什金离开）

上校　真见鬼，我为什么要做出军官的承诺！算了！我还不曾陷入过窘境呢。

　　　　[列别杜什金带着本书过来了。

列别杜什金　瞧，书来了。我们演一个片段。这部戏我几乎能背，二年级时排练过埃古的角色。您来读，我来看看您。

上校　跟谁说都不信：部队指挥官、近卫军上校，大半夜，就着灯光，在排练《奥瑟罗》！和谁呢？和第一年服役的新兵蛋子，还是个假装姑娘、手榴弹扔不出 20 步的人。

列别杜什金　跟谁说都不信：我会排练黛丝德莫娜的角色。跟谁呢？跟部队指挥官，在这大半夜，就着灯光。

上校　之前戏剧学院为什么赶你走？

列别杜什金　我将所想之事和一个重要人物说了。

上校　说了什么？

列别杜什金　他所演的戏是伪艺术，是冒牌货，而且，我是以很不客气的方式说的。

上校　你性格很倔强，娜塔莉亚·谢尔盖耶夫娜。

列别杜什金　您也不简单。

上校　我从没排练过，告诉我要做什么。

列别杜什金　首先我们按顺序读一段。我和你。您知道，什么是戏剧吗？

上校　大老粗哪儿知道。

列别杜什金　戏剧就是人们围绕舞台走路和按顺序讲话的地方。您
　　说吧。

上校　（手里拿本书照着读）

　　　　　　　这是我的责任，这是我的责任，我很惭愧
　　　　　　　应称呼您为纯洁的星星。[①]

列别杜什金　就这样，继续。奥瑟罗……亲吻黛丝德莫娜。

上校　什么意思？我要亲你？

列别杜什金　当然。

上校　不，我们找一个奥瑟罗不用亲黛丝德莫娜的片段。

列别杜什金　您要亲我一点也不可怕，首先，这是一种设定，这是
　　演戏，这是艺术，第二……

上校　我可受不了男人间亲来亲去。这简直是倒行逆施。

列别杜什金　懒得重复了：我——是个姑娘。

上校　不，不，让我们另选一场戏吧。

列别杜什金　好吧，第二场……32页，我先。

上校　快些！

列别杜什金　（出演黛丝德莫娜）

　　　　　　　你叫我？

上校　（出演奥瑟罗）

　　　　　　　是的，走近些。

　　[①]　此处和后面所引用的莎士比亚剧作的俄文，是帕斯捷尔纳克的译
文。——原编者注

黛丝德莫娜　你想做什么？

奥瑟罗　只是看看你的眼。

黛丝德莫娜

　　　　这是什么古怪的念头？

　　　　我跪在您的面前，请您告诉我

　　　　您这些话是什么意思？

　　　　我知道您在生气，

　　　　可是我不懂您的话。

奥瑟罗　你是什么人？

黛丝德莫娜

　　　　我是你的妻子，

　　　　你的忠心不贰的妻子。

奥瑟罗

　　　　发个誓来证明这些话吧，

　　　　这样你会下地狱的；

　　　　发誓说你没有出轨。

黛丝德莫娜

　　　　我发誓，老天知道我是贞洁的。

奥瑟罗

　　　　老天知道你是个荡妇。

黛丝德莫娜　我背叛谁啦？我跟哪个人有不端的行为？我什么时候淫邪了？

奥瑟罗　不，黛丝德莫娜！滚！现在！分开吧！

列别杜什金 您这么着急干吗，安德烈·伊萨耶维奇，干吗瞪大
眼睛！演出还早着呢，离考虑结果还早着呢。

上校 我喜欢演戏，它很吸引我，我觉得已经深入角色了。

列别杜什金 艺术对人做了什么啊！

上校 该你了。

黛丝德莫娜

不幸的日子。你在哭？为什么？

告诉我，你的眼泪是为我而流的吗？

你或许在想，这次把你从塞浦路斯召回是我父亲的
主意？

或许一切是这样的

但要知道，我也在忍耐，

我也已经失去他的慈爱了。

奥瑟罗 即使我惹怒了上天……（奥瑟罗在哭泣）

列别杜什金 发生什么了？您为什么停下来？

上校 等一会儿。也就是说，这里我应该哭？

列别杜什金 是的，奥瑟罗在这个地方要哭。

上校 娜塔莉亚·谢尔盖耶夫娜，我们演别的片段吧。

列别杜什金 这次您又不喜欢什么了？

上校 我是不会哭的。

列别杜什金 为什么？

上校 以前埋葬母亲时我没哭，在潘得西附近我最亲密的朋友被

迫击炮轰成碎片时也没哭。我是不会哭的。另找一段吧。

列别杜什金 一部戏能这么来来回回折腾吗？这里不能哭，因为他是真正的男子汉。那里不能亲黛丝德莫娜，因为他不能区分男女，顺便还说一句，不像某人只是个上校，他是将军啊！可是瞧……没关系……他流泪了。

上校 他是摩尔人，黑皮肤，是年轻人，而我长在北方。

列别杜什金 怎么，北方男人都不哭？

上校 通常是的。

列别杜什金 但您演的是摩尔人，而不是自己啊！

上校 也演自己，我们再找一段吧。

列别杜什金 不，我们就停在这个地方。我要牢牢抓住这小片土地。一步也不后退。哪怕我们都死了也不后退。

上校 换一段！

列别杜什金 当你理解摩尔人为什么哭时，哭对你来说就不再是大难题了。

上校 那他为什么哭？

列别杜什金 因为他失去了挚爱，他感受到，虽然缓慢，但幸福真的在离他远去。

上校 我也失去了挚爱，我和她曾幸福地生活，但我没哭。

列别杜什金 您失去了爱人，而他失去的更多，来自其他世界的一种存在。

上校 怎么，她来自未知星球，是蜜蜂大王的表妹？

列别杜什金 我来解释……他是黑人、摩尔人，她是白人。他是有些年纪的人，她还很年轻。他——军人、将军，她——天真的孩子。他爱她是可以理解的，但最神奇的是，她爱他。瞧，这就是眼泪从何而来。

上校 好吧，我以手掩面，就好像在哭泣。

列别杜什金 您没有理解我。告诉我，安德烈·伊萨耶维奇，您曾有过不现实的爱情吗？

上校 什么意思？

列别杜什金 您是否曾经某时爱过遥不可及的谁，比方说，芭芭拉·斯特黛赞得或这个家族的某个谁？

上校 我爱过一个芭蕾舞女演员，我在电视上看到她，就像疯子似的，买了大剧院的票，那时我是上尉，位置在顶层楼座不显眼的地方，但我很机灵，将一个放大 34 倍的野战望远镜带进了剧院。

列别杜什金 她怎么称呼？

上校 这不重要，她是很有名的芭蕾舞女演员，至今整个世界还很喜欢她。

列别杜什金 跟我讲吧，我谁都不说。

上校 我不明白，我们是演戏还是聊天？我们是谁，谁啊？演员还是学者？

列别杜什金 演员工作最重要的一部分正是如此，我们分析作品，您要哭的话，眼泪会流得更容易更自在，您不会因为这些眼泪而感到丝毫的羞耻。

上校 我不信。

列别杜什金 她怎么称呼？

上校 我不会说的。

列别杜什金 想象下，上校同志，您爱上了这个芭蕾舞女演员，向她扔出一束夹有字条的花，约她在工作人员入口处见面，她来了，爱情瞬间就开始了！她嫁给你，抛弃了莫斯科，来到被上帝遗忘的荒漠边缘的地方。现在您能明白，什么是不现实，不可能的爱情了吗？顺便一提，黛丝德莫娜就是这样离开了威尼斯，为了爱人跑到被上帝遗忘的塞浦路斯。

上校 这又怎样？

列别杜什金 您能感受到她有多爱你。您要多高兴啊！

上校 就算是吧。

列别杜什金 几个月后突然有人微微暗示您，说她对您不忠！您从天堂坠落凡尘，躺下时全身骨头都在颤抖！非人的痛苦啊！瞧这就是眼泪从何而来！明白吗？

上校 明白了，但我不会哭的。

列别杜什金 为什么？

上校 因为我是登陆兵。

列别杜什金 导演的死亡率仅排在矿工后面，位列第二。您知道……

上校 军人在什么位置？

列别杜什金 在第 16 位。

上校 或许，你要从事的还不是那么危险的事？

列别杜什金 和您在一块儿不轻松。

上校 聊得相当多了，我想演戏了。

列别杜什金 我说过了，这是很有感染力的一件事。

奥瑟罗

即使我惹怒了上天，

他要让我受尽种种的磨折；

他用诸般的痛苦和耻辱降在我毫无防卫的头上，

他把我浸没在贫困的泥沼里，

剥夺我曾经富有的

心灵宝库中的一切，

但我也可以看到一汪清泉。

可是唉！在这世上，在我曾经活过的世上，

我的活力的源泉枯竭了，

变成了蛤蟆繁育生息的污池！

黛丝德莫娜　你说，我究竟犯了什么罪？

奥瑟罗

你这张皎洁的白纸

就是让别人写上"娼妓"两字吗？

告诉你犯了什么罪，啊，你这人尽可夫的娼妇。

我只要一说起你所干的事，

我的两颊就会羞耻地变成两座熔炉。

我没力气，也恶心说出来。

天神见了也要掩鼻而过。

你犯了什么罪，犯了什么罪，

不要脸的娼妇！

黛丝德莫娜

天啊，

259

　　　　您不该这样侮辱我!

奥瑟罗　你不是一个娼妇吗?

黛丝德莫娜

　　　　我以耶稣的名义发誓我不是,

　　　　上帝给我做主。

列别杜什金　就到这里。停!

上校　太残酷了。

列别杜什金　你们男人都这样,我给我的玛莎安排了几场可怕的吃醋戏码。今天够了,我累了。在最近一封信中她写到,我的笔迹变了。

上校　甚至认定你不适合服兵役了,想象下,她该多伤心啊。

列别杜什金　您这么想就多余了,女孩和女孩也能过得很幸福。

上校　您这个女孩更显眼些。

列别杜什金　而妈妈,总是想要个女儿。

上校　你有父亲吗?

列别杜什金　我父亲是个色痞,好打牌,抽烟。顺便说一下,当我跟您在炉子边磨磨蹭蹭时,我的玛莎不久前已得到了一部电影的重要角色。

上校　演戏很有趣,我感受到某种类似快乐的东西。这种快乐的源泉在哪儿,能给我解释下吗?

列别杜什金　灵魂是不灭的,会为每一次巨大的转变而愉悦。

上校　这点我不信,那里又黑又冷。

列别杜什金　完全不,前方——是新的人生征途!

上校 已经三点半了。科尼亚，给我倒杯咖啡。

列别杜什金 那您要答应我，让我免服兵役。

上校 你怎么这么不知羞耻，列别杜什金，难道你服兵役还有什么不好，有图书馆、家庭剧院、咖啡、詹姆斯·乔伊斯。

列别杜什金 请放我回家吧。

上校 我不能！部队会瞎传，说那里会把小伙子改造成婆娘。这样对祖国的一切功劳会被遗忘，人们只记得不好的事，还会讽刺挖苦。人就是这样的。

列别杜什金 您就帮帮年轻人吧，把我解放出来，让个姑娘在战场上拖着炸药和火箭筒箱，这是不人道的。

上校 我再想想吧。

列别杜什金 感谢您，安德烈·伊萨耶维奇。

上校 晚安，尼古拉。

列别杜什金 咖啡怎么办？

上校 算了，下次吧。（上校离开）

〔列别杜什金铺开被子。巴加耶夫来了。

巴加耶夫 美丽的姑娘，你好，你好。

列别杜什金 你好，大尉同志。

巴加耶夫 跟我解释下，为什么你要跟长官讲连队的事？

列别杜什金 空气中弥漫着怪异和莫名的停顿，好尴尬，我本该接你的话茬，但找不到更好的主题。

巴加耶夫 都怪你我的晋升要推迟了，怎么，要我在大尉的位置上待一辈子？！

列别杜什金 但您在世间的位置很高，位于上帝的仁慈之外。黑暗王国有着自己的等第排名。

巴加耶夫 真的吗？

列别杜什金 您有很高的位置。在撒旦陛下的领地内您有着 16 级飓风的黑暗心灵。您应该去教堂，跪着站着祈祷 16 周，直到内心变得光明。

巴加耶夫 你哪儿来的胆说这些，士兵列别杜什金？因为与长官关系近了，由于这种亲近第一年服役的士兵就能评判军官的人品，这是什么亲近啊？他为什么来，您和指挥官在一起干吗，难道你们在私通？

列别杜什金 当意识与破鞋毫无区别时真是不幸。

巴加耶夫 他摸你啦？

列别杜什金 别碰我，畜生！

巴加耶夫 或许我们去电影院？你会发现，他是不会跟你求婚的！而我不一样，我不会骗人！

列别杜什金 你不仅蠢，简直就是地狱！脓包、腐烂、梅毒、火焰地狱的臭气、监狱马桶的腐朽——瞧，地狱就是用这些塑造了你丑陋的心灵。

巴加耶夫 你还想回家，回莫斯科吗？我们会送你回家……在锌制的棺材里。我会把上校的肩章放到你棺材中。我向你发誓，你是不会活着离开的。再见！

列别杜什金 我不怕你。

巴加耶夫 没用，要知道我掌管你的生死。还是怕怕我，考虑考虑我吧。

第四幕

俱乐部。

上校　晚上好。

列别杜什金　把门好好带上。

上校　为什么你每次都要我这么做？昨天、前天、两星期以前。
　　谁来打扰你了？

列别杜什金　没有。外面又下了暴风雪，我出门用雪洗了洗脸又
　　回来。好冷啊，雪粒都粘不到一块儿，我想滚个雪球都散了。

上校　这片区域今年是寒冬。化妆盒给你，我承诺过的。

列别杜什金　首演开始前一刻钟收到这个太珍贵了。差一刻钟就
　　12点，换衣，坐下化妆吧。

上校　舞台呢？

列别杜什金　准备好了。

上校　灯光？

列别杜什金　布置妥了。

上校　化妆？

列别杜什金　适度。

上校　脸呢？

列别杜什金　雷雨云颜色。

上校　嘴唇？

列别杜什金　紫色。

上校　眼睛？

列别杜什金　上面要更亮些。

上校　舌头？

列别杜什金　舌头不用化。

上校　能把埃古化成黑人吗？

列别杜什金　绝妙的隐喻，但我们没有埃古。

上校　我们谁都没有，没有埃古，没有罗德利哥，没有勃拉班修①，池座里空空如也，戏总共就演六分钟左右。

列别杜什金　这种事常有：舞台上的演员比池座里的观众多，大厅里人满为患，戏要演六个小时，而心是空的。但我们将演得很逼真、精彩，这会弥补我们其他有疏漏的地方。

上校　黑夜，镜子，暴风雪，我的面庞，我的双手，我的眼眸。

列别杜什金　黑夜——这是灯光两次闪烁的间隙。

上校　（看着自己在镜中的倒影）这是谁？我在这儿做什么？

列别杜什金　化妆吧，快到午夜了。

上校　部队指挥官、战斗军官，用苹果泥色的油膏涂脸，根据所写的话来说，扮演事实上并不是他的另一个人，装腔作势地登台演出。应该结束这一切，现在还不晚！我不演了。

列别杜什金　多新鲜啊？

上校　我是什么演员？！我要去检查岗哨值班怎么样了。

---

　　①　埃古、罗德利哥、勃拉班修，均为《奥瑟罗》中的人物。

列别杜什金 首演开始前五分钟临阵脱逃——懦弱至极。你要努
力克服紧张。

上校 我不是害怕，只是不理解。

列别杜什金 什么？

上校 为什么要演？

列别杜什金 这个问题没有答案。

上校 我要走了。

列别杜什金 这是在自杀。还不止一条命。

上校 我要走了，晚安。

列别杜什金 第一次登台前我也曾想过逃避。

上校 再见，我白天再来。

列别杜什金 一路顺风！

上校 我不能走，我身上有东西在抗拒。

列别杜什金 心灵——在反对，你剥夺了她的生命。

上校 说点别的话——多愚蠢啊！

列别杜什金 与你每天从早到晚所演的话剧不同，剧作家的每句
话都是深思熟虑，有内涵的。我们开始吧。

上校 我没准备好。

列别杜什金 灯光，音乐，你出场。

上校 我好紧张。

列别杜什金 那可不好啊，这是你的第一次出场。我们开始吧。

　　　[他们演了之前排练过的《奥瑟罗》片段。他们结束了。

　　　好极了，上校同志。去鞠躬！

上校 这么快一切都结束了！

列别杜什金　鞠躬，鞠躬！您是对的，您完全是个好演员，非常好的演员。

上校　谢谢。你打赌输了。

列别杜什金　但我们并没有赌什么啊！

上校　白费劲了，这是我的疏忽啊！

列别杜什金　我喜欢您所演的《剥夺我曾经富有的心灵宝库中的一切》。

上校　你也很让人意外。

列别杜什金　要能找到两人演的，大概一个半小时的话剧多好啊，我要写信给玛莎，我请求派她来。

上校　我会被降级的，并且带着耻辱被赶出军队。

列别杜什金　喉咙好干，好干啊，我要喝些水。

上校　突然变得忧愁了。

列别杜什金　为什么？

上校　生命中所剩的空白会越来越少。

列别杜什金　你有珍藏的愿望吗？

上校　当我还是孩童时，我想变成一只鸟，如今我对天空了如指掌，会延迟开伞跳伞像石头一样落下，我变成了鸟，在天空中自由地翱翔。现在我希望落在索契某个海滨浴场滚热的沙滩上，喝着冰汽水，看着云儿。就这么躺着，动也不动，什么都不想。长久的，长长久久的。你有什么梦想？

列别杜什金　我希望在一部大型电影中出演重要角色，这会是一个关于爱情的惊心动魄的故事！全世界都会看到这部电影。有时我闭上眼，会看到自己身穿黑色晚礼服沿着戛纳楼梯的台阶缓缓而上。

上校 我会坐在家里电视机前，一个年迈的退伍军人，为你的辉煌成就而喝彩。

列别杜什金 为什么不呢。

上校 会的。你瞧吧。

列别杜什金 上校同志，放我回家吧。

上校 谁也没强迫你说，你自己讲的，说会排练一部两人的大型话剧。

列别杜什金 我恳请您。

上校 好吧，我考虑考虑。给我一小杯咖啡吧。

列别杜什金 就剩三勺了。

上校 完全忘了，我给你带了一整罐。

列别杜什金 在哪儿呢？

上校 在军大衣右边口袋里。

列别杜什金 国王的礼物啊。

上校 阿拉比卡的，你的最爱。

列别杜什金 全是狗屎。

上校 咖啡不好？

列别杜什金 我们刚刚所演的一切完全不对，没有触碰内涵，这部剧完全不是这样的。我们同情奥瑟罗，而他应该引起我们的厌恶啊！

上校 何必呢？

列别杜什金 这不是一个关于吃醋的故事。这部剧有着更广泛的意义！上帝馈赠人类美好的家园，给予了爱、语言、意识，使人产生精神和心灵。上帝赐予了幸福所需的一切。但由于自己的天性，由于庸俗愚蠢和卑鄙的利己主义，人们却无法幸福。埃古不是恶魔天使，他是个普通人，与大部分人一样的平常人。奥瑟罗也是这样的普通人。一个是妒忌，另一个是吃醋。他杀死了上帝给予人类最好的一切。诗人，美丽的女性，崇高的情感，天才，圣徒。这是关于普希金，关于耶稣的故事。我们重新排练吧。

上校　你就不能早点觉悟吗？

列别杜什金　一切都有定时。

上校　怎么，三个星期的努力都白费了？

列别杜什金　是的。

上校　但我喜欢，尤其是我演的。我甚至觉得，在某点和某些地方演得比你好。

列别杜什金　这么快你就得了演员都有的职业病。

上校　但说实在的是不错，我伤心了。

列别杜什金　最不好的幻想——就是目光炯炯的艺术家对自己和自己的创作不加鉴别地进行评价。写了删去，写了又删去，就这么没完没了。现在开始重新排练吧。

上校　我要回家了，我累了，遇到了好繁重的一天——射击、三次会议和戏剧首演。

列别杜什金　你要走了就是背叛。

上校　是谁整天悠闲地躺在被窝中读着帕尔尼，又是谁指挥着军团。

列别杜什金　您这么毫无羞耻地抱怨，冷静下来！您是男人啊。

上校　我一辈子都听从于模糊的本能，试图向一切世人证明，我是个异常勇敢和强大的人，当我还是孩子时，我就是院里孩子帮的老大，之后我成为最好的学员，然后——最英勇的军官。我一辈子都试图留下好印象，我累了，我是个普通人，我想睡了。我要回家，铺好被褥，躺下大睡，就这些！

列别杜什金　好的，您休息吧。我们先明天开始。

上校　非常感谢，娜塔莉亚·谢尔盖耶夫娜。谢谢！

　　　　〔副官出现。

副官　上校同志，有来自总参谋部的紧急话传电报。

上校　有个人总能知道我在哪儿，军旅生活就是这样。拿过来吧。

副官　您穿的是什么衣服啊？

上校　今秋开始武装部队有了新制服：衬裤、流苏、高硬领子。

副官　您在哪儿晒得这么黑？

上校　在荣誉的光芒下。调动部队，有紧急情况。

副官　是，上校同志。

上校　指挥人员在参谋部集合，15 分钟后——所有人都得到。东北集团军的计划外训练。向后转，齐步走。

　　　　〔副官离开。

列别杜什金　这是什么意思？

上校　你留在这儿，不管发生什么，所有这些忙乱都跟你无关。

列别杜什金　是，上校同志。

上校　我一星期后过来。不许走出这里一步！我命你保管好衬裤、煮咖啡和蜡烛！

列别杜什金　我努力，安德烈·伊萨耶维奇。

上校　您发誓吗，士兵列别杜什金?!

列别杜什金　正是，在这个秋天。

上校　那么按章程回答。

列别杜什金　我会保管好衬裤、煮咖啡和蜡烛，近卫军上校同志!

上校　瞧，好多了! （上校离开）

　　〔一段时间后巴加耶夫出现了。

巴加耶夫　有紧急情况! 两分钟内集合，快入队!

列别杜什金　我不会入队，部队指挥官这样命令的。

巴加耶夫　由于战斗警报军团刚刚开动了，您是我们连的士兵! 我命你入队。

列别杜什金　我接到的完全是另一个命令，内容性质完全不同，与武装部队无关。

巴加耶夫　如果你不自愿这样做，那我就不得不动武了，我们带你走——抱着。

列别杜什金　天啊! 有个怪物跟着我，大半夜有个马身跟在我后面跑。

巴加耶夫　入队!

列别杜什金　别碰我，我自己走。

　　〔巴加耶夫和列别杜什金离开。

第五幕

俱乐部舞台。舞台上有准备派发的200件物品。

上校、医生、巴加耶夫、副官走进来。

上校 你怎么不说话,讲!

副官 我没话说。

上校 怎么会发生这个?

副官 我已向您报告三次了,他被登陆兵的战车撞到。

上校 这我知道,我问的是别的。是不小心还是谁"帮忙"的?
大尉巴加耶夫!

巴加耶夫 整个连可以向您作证,他本来在散兵线中,突然就停
住了,像在思考什么,战车就扫到了他。

上校 我曾命他留在俱乐部的!

巴加耶夫 我发誓对此毫不知情,列别杜什金——是五连的士兵,
有紧急情况,他有责任入队。

上校 他上天了?

巴加耶夫 是的,和所有人一起。

上校 他背降落伞跳了?晚上?

巴加耶夫 他着陆完全正常,双腿都能站立。我们展开成散兵线,

271

突然右边来了辆战车。大型训练中伤亡是不可避免的。

副官 这样的士兵——已经不多了。

莫罗佐夫 死得很快，就在瞬间，像闪光一样。

巴加耶夫 如果注意到训练中有两个师在行动。

上校 走吧，大尉。走吧，少校。

　　　　〔巴加耶夫和莫罗佐夫离开。

上校 所有人都告别了？

副官 除了警卫连的，所有兵，1500 多人。我下了封棺的命令。

上校 等等，这不应该。难道这个城市就没有一个牧师？

副官 曾仅有一个，变成了酒鬼。

上校 不，不，不应该，这不合情理。

副官 那要做什么？飞机现在停在起降跑道上。

上校 你走吧。从门那边走，别让人进来。

　　　　〔副官离开。

　　（在排练一场戏，从口袋掏出一张纸）

　　　　你死了。

　　　　你的眼睛专注地凝视黑暗，

　　　　就像两只长久飞越沙漠的白鹭在贪婪地汲水。

　　　　你听不到。

　　　　看不见。

　　　　你失去意识，不再讲话。

　　　　即将来临的远行就是这样。

二十亿年前上帝有了这个世界，

世界有了你的心灵，

你的心灵有了灵魂，这意味着，心灵是不朽的！

因为灵魂是不变的心灵秩序，

腐朽的，散发恶臭的死亡不能改变它。

我知道你灵魂的样子：

是如爱般甜蜜，永远散落的花朵，

是如甜橙般的太阳

和在大餐勺上烘烤的焦糖香气，

是星星间发出夜莺般啼啭的安琪儿。

你的身体将永远忠诚于大地和火焰。

它将烧尽，化为原子。

但这并不可怕，因为身体只是躯壳，

你的灵魂是发光的蜻蜓。

她从躯壳中解放出来

将要四十天

翱翔在近行星的太空中，

听我对你的爱，

为未来的远行积蓄力量。

她会穿过时间的海洋，

飞向自己的新生活，
很快你的永恒的心灵
会着陆，开始新生活。

你的眼睛，饱饮了黑暗，
又重新睁开。迎着阳光
你趁着朝露赤足奔跑。
并在某时突然地想起了我。

这会是模糊不清的回忆，
穿透回忆的光线。
你沉思了一会儿。
突然开始下雨，
而你奔向百货商店的遮雨棚下，
永远地忘记了我。

当心灵穿越时间的海洋，
她又重新获得与我相遇的能力，但我们
不会相遇。

我们永不会相遇，
而如果在新生中相遇，
也不再认得彼此。

但心灵永远保留了
这份模糊的预感，
一旦必要，就会一次又一次
重生，感受鼓舞。

你沿着阶梯去往天堂
走向自己永恒的光荣！
你将拥有新的面容，
新的嗓音和新的思想！
你将千次新生！
你将有数千名字！
每一个都会万里扬名！
永远再见吧！

前方将有新的征程！

——幕落

图书在版编目（CIP）数据

俄罗斯当代戏剧集.4/（俄罗斯）弗·热列布佐夫等著；粟瑞雪等译.—北京：中国国际广播出版社，2018.9
（中俄文学互译出版项目·俄罗斯文库）
ISBN 978-7-5078-4222-7

Ⅰ.①俄… Ⅱ.①弗… ②粟… Ⅲ.①剧本—作品综合集—俄罗斯—现代
Ⅳ.①I512.35

中国版本图书馆CIP数据核字（2018）第170020号

《中俄文学互译出版项目·俄罗斯文库》由中国国家新闻出版署和俄罗斯出版与大众传媒署批准，中国文字著作权协会和俄罗斯翻译学院负责组织实施。

俄罗斯当代戏剧集 4

出 品 人	宇 清
策　　划	王钦仁
统　　筹	张娟平
主　　编	苏 玲
著　　者	〔俄〕弗·热列布佐夫　亚·加林 等
译　　者	粟瑞雪　阳知涵 等
责任编辑	张 亚 李 卉
版式设计	国广设计室
责任校对	徐秀英

出版发行	中国国际广播出版社 〔010-83139469　010-83139489（传真）〕
社　　址	北京市西城区天宁寺前街2号北院A座一层
	邮编：100055
网　　址	www.chirp.com.cn
经　　销	新华书店
印　　刷	环球东方（北京）印务有限公司

开　　本	880×1230　1/32
字　　数	210千字
印　　张	9
版　　次	2018 年 9 月 北京第一版
印　　次	2018 年 9 月 第一次印刷
定　　价	58.00元